내가 사랑한 시옷들

일러두기

- 이 책에는 영미권 시 30편의 원문과 저자의 번역이 실렸습니다.
- 시, 영화, TV 프로그램은 〈 〉로, 단행본은 《 》로 표기했습니다.
- 이 책에 언급된 도서 중 국내 출간물은 한국 제목을 따랐으며 미출간물은 원제목 그대로 표기했습니다.
- 저작권자를 찾지 못한 일부 시는 확인되는 대로 허락을 받겠습니다.

내가 사랑한 시옷들

사랑, 삶 그리고 시

날마다 인문학 1

조이스 박 지음

포르체

차례

2부
존재의 언어

3부
삶의 언어

시에 대한 책을 쓰고 길에 대한 말을 할까 한다. 1940년대 두 차례의 세계대전 이후 젊은이들은 공황 상태에 빠졌다. 다른 무엇보다도 사람이 사람을, 그렇게나 많이 죽일 수 있다는 사실을 받아들이기 힘들었던 탓이다. 그렇게 수많은 젊은이가 방황의 길을 걸었다. 당시 문학인과 예술인의 대모代母라 불렸던 거투르드 스타인Gertrude Stein은 그들을 "잃어버린 세대(Lost Generation)"라고 칭했다. 그때의 청년들은 그야말로 길을 잃은 세대, 인간에 대한 믿음을 상실하여 길을 잃어버린 세대였다.

그렇지만 상실의 길 위에서도 그들은 "우리는 길을 잃었다. 하지만 새로운 길을 찾기 위해 길을 잃은 것이다.We are lost to find a new way"라고 응수했다.

반면, 1950년대 미국의 실존주의 심리학자인 롤로 메이Rollo Reese May는 그의 저서 《자아를 잃어버린 현대인》에서 "현대인은 길이 없어서 길을 잃는 것이 아니다. 너무도 많은 길 중에 어느 길로 가야 할지 몰라 길을 잃는다."라고 말했다.

인터넷과 미디어의 발달로 말미암아 우리는 말과 글이 넘치는 세상을 살아간다. 말과 글이 난무하여 어떤 말과 글을 붙들어야 하는지 도통 알 수 없는 세상이다. 롤로 메이의 '말'처럼 '말이 너무도 많아 어느 말을 따라야 할지 모르고, 길을 잃어버린 상태'인 것이다. 이러한 현실 속의 사람들은 말을 어떻게 받아들이고, 얼마나 잘 표현해야 타인의 마음에 닿을 수 있는지 모른다. 예전의 길을 잃었던 이들과 달리, 버젓한 길이 있음에도 의미 있는 한 발을 딛지 못하고, 생산적인 말을 뱉지 못하는 것이다.

이 포화한 말과 글 속에서 나는 '시'라는 길을 찾았다. 최소한의 언어로 최대한의 심상과 의미를 전하는 시가 지금에 와서 어떤 해답처럼 느껴졌기 때문이다. 무성한 밀림처럼 우거진 말과 글 속에서 헤매다 어둠에 파묻힌 상아를 만나는 일이 곧 시를 읽는 행위가 아닐까 싶다. 일체의 길이 없는 듯싶다가도 어딘가로 헤치고 나가다 보면 그것이 또 하나의 길이 되고, 밀림에서 한참을 서성이다 아롱거리는 상아를 마주하는 순간이 분주한 하루의 끝에 시를 읽는 순간이라 말하고 싶다.

혼탁한 말과 글의 밀림이 일상을 지배할 때, 나는 시 속에서 내가 사랑하는 시옷들을 꺼낸다. 이 책을 쓰기 위해 고전과 현대의 명시들을 다시 읽으며 나는 사랑으로, 삶으로 돌아올 수 있었다. 시로 빚어진 책은 사랑과 존재와 삶의 이유가 어디에 있는지 알려주는 이정표이므로, 내가 그러했듯 그대들도 말과 글의 밀림 속에서 사람을, 사랑을, 나아가 삶을 캐며 서서히 그 길을 걸으시길 바란다.

2020년 2월,

조이스 박

1부

사랑의 언어

Day 1

혼자인 것과 외로운 것

사라 티즈데일

Sara Teasdale, 1884-1933

미국 미주리주 세인트루이스에서 태어났다. 어릴 적 워낙 병약하여 집에서 공부하다가 10세 때부터 학교를 다니기 시작했다. 그녀는 사랑했던 남자와 결혼하지 못하고, 1914년 자신의 오랜 팬이었던 기업인과 결혼해 뉴욕으로 이주했으나 1929년 이혼하였다. 1933년 수면제 과용으로 자살했다.

Alone

- Sara Teasedale

I am alone, in spite of love,
In spite of all I take and give—
In spite of all your tenderness,
Sometimes I am not glad to live.

I am alone, as though I stood
On the highest peak of the tired gray world,
About me only swirling snow,
Above me, endless space unfurled;

With earth hidden and heaven hidden,
And only my own spirit's pride
To keep me from the peace of those
Who are not lonely, having died.

alone 혼자 | tenderness 부드러움, 다정함 | peak 정상, 봉우리 | swirling 소용돌이치는
endless 끝없는, 무한한 | unfurl 펼쳐지다 | heaven 천국 | lonely 외로운, 쓸쓸한

혼자

– 사라 티즈데일

난 혼자예요, 사랑하고 있음에도 불구하고
내가 주고받는 그 모든 것에도 불구하고
당신의 그 모든 다정함에도 불구하고
나는 때론 사는 게 기쁘지 않아요

난 혼자예요, 지친 회색 세계의 가장 높은 봉우리에
서 있는 것처럼 내 주변엔 눈보라만 몰아치고
내 머리 위에 끝도 없는 우주가 펼쳐져 있어요

땅도 찾을 수 없고 천국도 찾을 수 없이
오로지 내 영혼의 자부심만이
이미 죽어서 외롭지 않은 이들의 안식을 택하지 않게
나를 지킬 뿐이에요

in spite of ~ ~에도 불구하고 | as though ~ 마치 ~인 것처럼
keep A from B A가 B 못하게 하다

혼자인 것being alone과 외로운 것being lonely

절대 고독이라는 것이 있다. 사랑하고 사랑받고 있음에도 불구하고, 홀로 있음에 소스라치는 순간이 있다. 물론 alone과 lonely는 다르다. 단순히 혼자 있다being alone고 해서 외로운being lonely 것은 아니다. 혼자 있어도 전혀 외롭지 않을 수 있고, 누군가와 함께 있지만 지극히 외로울 수도 있다. 영어로 혼자alone라는 표현은 'by oneself'와 같다. 영화 〈브리짓 존스의 일기Bridget Jones's Diary〉에는 브리짓이 〈All By Myself〉라는 팝송을 부르며 외로움에 몸부림치는 장면이 나온다. all이 강조의 의미로 쓰인 이 곡은 '오로지 나 혼자뿐'이라는 뜻이다. 혼자라서 외롭다는 이야기가 아니라, 단지 혼자일 뿐이라는 뜻으로 해석된다. 반대로 'alone and lonely'는 '혼자이고 외로운'이라는 말도 되고 '혼자라서 외로운'이란 뜻도 된다. 접속사 and는 인과관계로도 쓰이기 때문이다. 그렇지만 이 and를 인과관계로 읽고 싶지 않을 때가 있다. 혼자인 것과 외로운 것을 따로, 별개의 언어로 두고 싶을 때 말이다.

이 시의 화자는 이미 사랑을 하고 있으므로 혼자alone가 아님에도 불구하고 외로움을 호소한다. 그러면서 이 세상에서

'혼자'라는 뜻의 alone은 꼭 한 사람을 지칭하지 않는다. "여긴 우리뿐이야."라고 할 때에도 "We are alone here."라고 말할 수 있다. 영어로는 '우리'가 둘이든 셋이든 그렇게 표현한다.

외롭지 않은 사람은 죽어서 안식을 택한 자일뿐이라고 말한다.

화자가 느끼는 외로움은 사랑하는 이의 부재에서 오는 것이 아니다. 다른 종류의 외로움이다. 사람들 속에서 살을 맞대고 부대껴 살아도, 인간이란 언제나 홀로인 것 같은 느낌에 사로잡히는 존재다. 사라 티즈데일은 이것을 "지친 회색 세계의 가장 높은 봉우리"에 서 있는 것 같다고 말하는데, 나는 가장 높은 봉우리를 이렇게 해석해보고 싶다. 그야말로 '혼자'인 것처럼 보이는, 육지에서 가장 높이 솟아오른 산이 아니라, 우리가 보통 섬이라 부르는 수면 아래에서 솟아오른 산 말이다. 화자가 말하는 '가장 높은 봉우리'는 '섬'과 닮아 있다. 가시적인 높이를 따지자면 육지 위에 솟은 산이 더 높아 보이겠지만, 어마어마한 몸뚱이를 바다 깊숙이 감춘 섬이 육지의 산보다 거대할 수도 있다. 심연 아래 보이지 않는 산이 가진 외로움은 육지에 솟아난 산보다 훨씬 더 깊고 깊을 수 있다. 이처럼 인간은 누구나 '혼자'가 아닌 것처럼 보여도 다른 이가 헤아리기 힘든 외로움의 깊이를 감추고 살아간다.

화자는 죽음과 외롭지 않음이 동의어임을 알고 있다. 그리고 그것을 거부한다. 이는 외로움을 고스란히 받아들이는 행위다. 인간은 누군가가 아니라 '나'라는 존재의 외로움, 삶이 주는 외로움을 온전히 받아들일 때 비로소 자신의 무게 중심을 올곧게 잡을 수 있다. 고통스럽더라도 이러한 인간의 숙명과도 같은 절대 고독을 인정하지 않는다면, 우리는 살면서 한 번쯤 느끼게 될 존재의 회의감 앞에 힘 없이 무너질 것이다.

With earth hidden and heaven hidden,
땅이 감춰지고 천국도 감춰진 채로

한국에서 영어를 공부하는 사람들은 문어체로 쓰이는 이 문형을 잘 사용하지 않는다. 시에서는 의역을 통해 "땅도 찾을 수 없고 천국도 찾을 수 없이"라고 했으나, 직역해보자면 전치사 with의 목적어인 earth와 heaven이 각각 이 단어들을 따라 오는 형용사(hidden)로 상태 묘사되고 있다. 즉, '땅이 감추어진 그리고 천국이 감추어진' 상태를 with를 사용해 표현하는 구문이다. 이는 문장에서 주어의 부가적인 상태를 함축적으로 나타내기 좋은 문형이다.

나는 상심한 상태로 거리를 헤매고 다녔다.
With my heart broken, I wandered around the streets.

with A B (목적어, 목적보어) A가 B한 상태(채)로
wander (around) 헤매다, 이리저리 돌아다니다

To keep me from the peace of those
Who are not lonely, having died.

죽어서 외롭지 않은 이들의 안식을 구하지 않게 나를 막아주세요

외롭지 않기 위해 죽어서 안식을 찾지 않게 해달라는 뜻이다. 결국 스스로 죽음을 택하지 않기를 염원하는 것이다. from 다음에 명사가 나올 경우, 이 명사에 걸리는 동사를 문맥상 찾아서 번역해야 한다. 한국말로는 보통 '안식을 구한다.'고 하므로 그렇게 해석했다.

한국 법 때문에 환자들이 대마 기름을 사용하지 못한다.

Korean law keeps patients from cannabis oils.

그의 종교적인 믿음 때문에 그 환자는 수혈을 받을 수가 없다.

His religious faith keeps the patient from receiving blood transfusion.

keep A from B A가 B를 못하게 하다 | cannabis 대마초 | (blood) transfusion 수혈

Day 2

어긋난 별들의 사랑

엘리자베스 제닝스

Elizabeth Joan Jennings, 1926-2001

영국의 시인이다. 여섯 살 때 옥스포드로 이주한 이후 평생을 그곳에서 살았다. 옥스퍼드대학 중 St. Ann's College를 졸업했다. 1953년 첫 시집을 출간하고, 두 번째 시집인 《A Way of Looking》으로 서머싯몸상을 수상했다. 주로 서정적인 시를 전통적인 스타일로 썼으며, 신실한 천주교 신자였고 이탈리아를 사랑했다. 《Song for a Birth or a Death》 등의 작품을 남겼다.

Delay

- Elizabeth Jennings

The radiance of the star that leans on me
Was shining years ago. The light that now
Glitters up there my eyes may never see,
And so the time lag teases me with how

Love that loves now may not reach me until
Its first desire is spent. The star's impulse
Must wait for eyes to claim it beautiful
And love arrived may find us somewhere else.

radiance 빛, 광채 | lean on ~에 기대다, 의지하다 | glitter 반짝반짝 빛나다
tease 괴롭히다, 놀리다 | reach ~에 닿다, 이르다 | impulse 충동

뒤늦게 오나니

– 엘리자베스 제닝스

내게 쏟아지는 별들의 광채는
몇 해 전에 빛나던 빛. 지금 저 위에서
반짝이는 별빛은 내 눈으로는 결코 보지 못할 빛
그렇게 시간의 간극은 어쩌면 좋을지 모르는 나를 애태워

지금의 사랑은 그 첫 갈망이
다 소진되고서야 내게 도달할지도 몰라
충동적인 별빛은 사람이 쳐다보고 아름답다 해주기만을
기다려야 하고,
사랑은 도달할지라도 우리를 다른 곳에서 찾을지 몰라

lean over는 신문이나 책을 보느라 그 위로 몸이 구부정하게 기울어지는 것을 말하고, lean on은 몸을 기울여 기대온다는 뜻이다. (on에는 접촉의 뜻이 있다.) 그리고 lean in은 몸을 구부려 바짝 다가오는 것을 말한다.

별들이 어긋난다 Stars cross

빛나는 별이 하늘에 한가득 보이던 시절, 사람들은 사랑도 운도 별을 보며 점쳤다. 하늘을 가르는 수많은 별을 보며 어쩌면 그것이 운명이라고 믿었을 수도 있다. 많은 별들 속에 수많은 별똥별. 서양에는 X자로 하늘을 긋는 두 개의 별똥별을 연인이 보면 두 사람의 사랑은 비극으로 끝난다는 속설이 있다. 그래서 통상 비극적인 사랑을 Star-crossed love라고 부르고, 셰익스피어의 〈로미오와 줄리엣〉 속 두 연인을 '별들이 어긋난 연인'이라고 일컫는다.

현대의 시인은 별을 보며 다른 생각을 한다. 우리는 눈에 보이는 저 별이 실은 수백만 년 전에 시작된 빛이라는 것을 안다. 수백 광년을 달려와 별빛이 우리 눈에 닿은 시점에는 그 별이 존재하지 않을 수 있다는 것도 안다. 시인은 아득한 그 별과 우리의 눈을 마음과 마음으로 치환하고, 별빛이 우리 눈에 와 닿는 시간의 거리를 마음의 거리로 가늠한다. 시인은 누군가 사랑으로 보낸 마음 하나가 다른 사람에게 닿지 못하는 아득함이라거나, 진정으로 온 마음을 상대에게 보내도 닿지 않거나 가서 닿더라도 왜곡되며, 이미 전해진 마음도 변할 수 있다는 것을 알기 때문이다.

이제는 밤하늘에 별똥별이 어긋나는 광경을 보기 어려워졌지만, 마음과 마음이 어긋날 수 있다는 것을 우리는 짐작할 수 있다. 그래서 별을 보면 이따금 슬픔에 잠긴다. 까마득한 시간을 건너온 별이 자신이 태어난 고향 별을 잃어버리는 것처럼, 사람이 쏘아 보낸 마음도 이리저리 흩어지면 본래의 마음은 온데간데없이질 수 있기 때문이다. 그래서 사랑은 타이밍인지도 모르겠다. 적확한 시공간, 내가 쏘아 올린 마음을 받을 공간에 상대가 있어야 하는, 그런 기적 같은 타이밍이늘 필요하다.

우리 눈에 보이지는 않지만 그럼에도 나는 우주를 가로질러 어긋나 떨어질 수많은 별똥별을 꿈꿔본다. 별들이 하늘을 긋는다. 그리고 우리의 사랑도 하늘을 긋는다. 하늘을 바라보는 사람의 마음은 언제나 기대하고 기다리는 것인지라, 우리가 별을 바라보며 염원하는 한 사랑은 여전히 가능태이지 않을까. 그러니 하늘과 별을 눈에 담고, 우연의 우연이 우리를 데리고 가 어느 삶의 모퉁이에서 사랑을 마주하는 순간을 꿈꿔보자. 그렇게 살기를 소망하며, 모든 별에게 빌어본다. 사랑이 우리를 같은 곳에서 찾아주기를.

The radiance of the star that leans on me
Was shining years ago.
내게 기대어오는 별들의 광채는
몇 해 전에 빛나던 빛

lean on에는 '기대다', '의지하다'라는 뜻도 있고, '압박하다'라는 뜻도 있다.

그 할아버지는 딸에게 많이 의존했다.
The old man leaned heavily on his daughter.

그녀는 사랑할 사람이 아니라 의지할 사람이 필요했다.
She needed someone not to love, but to lean on.

나는 언제든지 네가 기댈 어깨를 내어줄게.
I'll always give you my shoulder to lean on.

lean on 기대다, 의지하다 | old man 노인, 할아버지

Day 3

나를 보되, 지나쳐 보시라

파블로 네루다

Pablo Neruda, 1904-1973

노벨 문학상을 수상한 칠레의 시인이다. 파블로 네루다는 필명이고 본명은 리카르도 바소알토(Ricardo Basoalto)다. 열세 살 때부터 다양한 스타일의 시를 썼으며 1971년 노벨 문학상을 수상했다. 여러 나라에서 외교관으로 근무했으며, 칠레 국회의원으로도 재직했다. 피노체트가 쿠데타를 일으켜 고국으로 돌아왔을 때 그가 있던 병원에서 누군가 알 수 없는 물질을 그에게 주사했고, 며칠 후 자택에서 사망했다. 공식적인 사인은 심장마비였으나, 2015년 밝혀진 바에 따르면 외적인 요인으로 사망했다고 한다.

Don't Go Far off

- Pablo Neruda

Don't go far off, not even for a day, because --
because -- I don't know how to say it: a day is long
and I will be waiting for you, as in an empty station
when the trains are parked off somewhere else, asleep.

Don't leave me, even for an hour, because
then the little drops of anguish will all run together,
the smoke that roams looking for a home will drift
into me, choking my lost heart.

Oh, may your silhouette never dissolve on the beach;

far off 아득히 멀리 | anguish 괴로움, 번민 | roam 배회하다, 방랑하다 | drift 표류하다
choke 질식시키다 | dissolve 녹다, 용해되다

may your eyelids never flutter into the empty
distance.
Don’t leave me for a second, my dearest,

because in that moment you'll have gone so far
I'll wander mazily over all the earth, asking,
Will you come back? Will you leave me here,
dying?

flutter 파닥이다, 흔들리다, 떨다 | mazily 미로처럼, 꾸불꾸불하게

멀리 떠나가지 마세요

– 파블로 네루다

단 하루라도 멀리 가지 마세요, 왜냐하면 -
왜냐하면 - 어찌 말해야 할지 모르나, 하루가 기니까요
이건 마치 기차가 다른 데 정차해서 쉬는 줄 모르고,
텅 빈 정거장에 당신을 기다리는 것 같으니까요.

단 한 시간이라도 날 떠나지 마세요. 왜냐하면,
괴로움의 작은 물방울이 한 번에 우수수 쏟아져 내릴 테니까요
집을 찾아 헤매는 연기가 내 속으로 스며들어
내 길 잃은 심장을 질식하게 만들 테니까요.

아, 당신의 모습이 절대 해변에 녹아들게 하지 마시고
당신의 눈꺼풀이 먼 허공을 보느라 파닥이게 하지 마세요
날 일초라도 떠나지 마세요, 사랑하는 이여

왜냐하면 당신이 가버린 그 순간에
난 온 땅을 미로처럼 헤매며 물을 테니까요
"돌아오실 건가요? 날 여기 죽게 내버려두실 건가요?"

---

off는 '떨어져서'라는 의미를 가지고 있다. far off는 '멀리 떨어져서'라는 뜻이다. "Off we go!"라고 하면 '우리 이제 출발!'이라는 표현으로 동요에서 자주 만나볼 수 있다.

Look at me, but look past me

나를 보되 나를 지나쳐 보시라. 사랑은 보는 것에서부터 시작되오니, 나를 보되 나를 지나쳐 보시라.

많은 경우 우리의 사랑은 보는 것으로 시작된다. 많은 시 속의 구절이 '보았노라 그대의 모습'에 대해 읊는다. 그래, 보이는 모습이건 그 이상의 것이건 어쨌든 시작은 서로의 눈에 차야 한다. 상대를 눈에 담고 마음이 차오르면 응당 거리를 좁히고 싶어진다. 가까이 다가가고 싶어지고 더 많이 알고 싶어진다.

모두에게 눈이 있고 모두가 볼 줄 아는 것은 물론이요, 모두가 사랑을 한다. 그러나 어떤 사랑은 과시된 자기애에 불과하고, 어떤 사랑은 자기애를 넘어서는 것이 된다. 모든 사랑이 '자기'에서 출발하지만, 어떤 이들은 거기에 딱 머무는 것이다. 똑같이 보되 보이는 것에서 끝나는 사람이 있고, 다가가는 사람이 있는 것과 매한가지다.

시에서 두드러지는 자기애는 나의 사랑이 아름답기 위하여 평생 '멀리' 떨어져 있어야 하는 형태로 나타난다. 이 사랑에는 '미학적인 거리aesthetic distance'라 불리는 것이 필요하다. 화자가 그리워하는 대상은 멀리 떨어져 있다. 사랑하는 이는 다른 곳에 있고 화자는 텅 빈 정거장을 그리움으로 채운다. 아마도 그리움에 파묻힌 화자에게 저 멀리 떨어진 대상은 가까이 있을 때보다 곱절은 아름다운 모습, 표정, 몸짓을 하고 있을 것이다. 그렇게 화자와 대상의 거리는 비와 연기로 점점 더 뿌옇게 가려진다. 눈꺼풀을 깜빡일 때마다 아른거리는 당신과 나 사이의 거리. 그래서 비로소 '아름다운' 사랑의 거리가 완성되는 순간이다.

그러나 이것은 자기애의 표상이다. 사랑에 대한 내 아름다운 마음이 당신의 '완벽한' 모습을 훼손시키는 것을 허락하지 않을 때 발현되는 미감이기 때문이다. 가까이 보면 그 누구도 아름답지 않다. 가까이 갈수록 결점이 보인다. 사랑의 딜레마는 "그립다, 그리워." 부르면서도 정작 가까이 마주하게 되면 사그라지는 것에 있지 않았나. 내 안으로 불러들인 사랑은 언젠가 시들기 마련이다. 그리하여 시인은 사랑을 늘 저 멀리에 둔다. 그게 사랑을 유지하는 방법인 것처럼.

오래 보고, 자세히 보게 되어 더 이상 아름답지 않은 관계에서 자기애에 매몰된 사람들은 뒤로 물러난다. 자신이 추억하는 '아름다움'을 위해 사랑을 일상에서 동떨어지게 만드는 것이다. 많은 사랑이 그러하고, 이 시의 사랑도 그러하다. 멀리 있는 사랑이기에 넘쳐났고, 멀리를 보느라 이곳을 기만

"silhouette never dissolve on the beach" 실루엣이 해변에 녹아들지 않게라는 말은, 상대가 저기 멀리 아지랑이 핀 해변에 서 있어서 그 형체만 보이며, 그 형체가 아지랑이에 흐려져 보인다는 뜻이다.

해도 괜찮았을 것이다. 때로 사람들은 '저기'에 있는 환상적인 힘으로 '여기'를 버티기도 하므로. 그렇다면 가까이 보아야 아름다운 사랑도 있나?

They look at me but look past me.
그들은 나를 보지만 나를 지나쳐 본다.

Most look at me and look past me.
They look far away at their own makings.
They just love themselves.
대부분은 나를 보되 나를 지나쳐 본다.
그들은 저 멀리 자신들이 만든 환상을 본다.
그들은 그저 자기 자신만을 사랑한다.

A few look at me and look past me.
They look past my wrinkles and pores.
They look at ME, here and now.
They do love me out of their self-love.
몇몇은 나를 보되 나를 지나쳐 본다.
그들은 내 주름과 모공을 지나쳐 본다.

그들은 지금 여기에 있는 '나를' 본다.
그들은 자기애를 벗어나 나를 사랑한다.

Please look at me but look past me.
나를 보라 하지만 나를 지나쳐 보시라.

여기, 내 지척에서 주름 하나하나를 낱낱이 드러내고 흘러내리는 살과 손톱의 거스러미, 몸의 냄새를 풍기는 그대를 두고두고 아름답다 하는 것은 다른 경지의 사랑이다. 이와 같은 시의 외침에도 불구하고 대개 시인의 '보기' 아니, 우리의 '보기의 사랑'은 자기애의 현현이 된다. 아름답다. 그러나 거기까지다.

우리에게는 자기애를 넘어선 '다가가는 사랑'이 필요하다. 진정으로 사랑하고 싶다면 아름다움을 위해 거리를 두고 사랑을 말하는 사람보다, 사랑을 위해 아름다움을 스쳐 보내는 사람을 사랑하시라.

영시로 배우는 영어

Don't leave me, even for an hour,
단 한 시간이라도 나를 떠나지 마세요

leave는 '사람이나 사물을 두고 떠나다'라는 뜻이다. leave A for B처럼 '목적'의 의미를 가진 전치사 for가 붙으면 A를 두고 떠나가는 이유가 B를 얻기 위함이거나 B로 가기 위해서가 된다. 그래서 'A를 떠나 B에게 가다'라는 의미로 읽힐 수 있다.

그는 아일랜드를 떠나 뉴욕으로 갔다.
He left Ireland for New York.

그는 고등학교 때부터 사귀던 여자친구를 버리고 패션 모델에게 갔다.
He left his high school sweetheart for a fashion model.

leave someone 누군가를 (두고, 버리고) 떠나다 | sweetheart 애인, 연인

in that moment you'll have gone so far
그 순간에 당신은 아주 멀리 가고 없을 거예요

go의 과거분사 gone은 자동사임에도 불구하고 혼자서도 형용사로 쓰이는 몇 안 되는 과거분사이다. be gone으로 쓰이면 '사라지다'가 되고, has gone은 '가고 없다'는 뜻이 된다. 1인칭 I와 2인칭 you는 지금, 여기에 항상 있어야 하는 존재이므로 이 용법을 사용하지 못한다. 하지만 '말이나 행동이 지나쳤다.'라고 할 때에는 have gone (too) far처럼 활용하여 쓸 수 있다. 영어는 말과 사람을 동일하게 보아서, '너의 말'을 칭할 때에도 you라고 한다.

다음날 눈사람은 사라지고 없었다.
The next day the snowman was gone.

네 말이 지나친 것 같다.
I'm afraid you've gone too far.

Day 4

증명하는 사랑은 사랑이 아니다

에밀리 디킨슨

Emily Dickison, 1830-1886

미 동부 매사추세츠주 앰허스트에서 태어나 살았다. 그녀의 아버지와 오빠는 미시간대학 설립에 관여한 지역 유지였다. 그녀는 결혼하지 않고 평생 태어난 집에 살면서 같은 동네 옆집 오빠의 가족과 여동생 이외에는 편지를 수단으로 세상과 교류했다. 그녀가 살아생전 발표한 시는 몇 편 안 되나, 사후에 남겨진 시들이 세상에 알려지며 미국 문학사 특히 미국 르네상스 문학에 한 획을 긋는 시인으로 자리매김했다.

THAT I Did Always Love

- Emily Dickinson

THAT I did always love,
I bring thee proof:
That till I loved
I did not love enough.

That I shall love alway,
I offer thee
That love is life,
And life hath immortality.

This, dost thou doubt, sweet?
Then have I
Nothing to show
But Calvary.

proof 증거 | thee 목적격 you의 고어체 | hath have의 3인칭 단수 | immortality 불멸
doubt 의심 | dost do의 고어체 | Calvary 갈보리, 골고다(예수님이 십자가에 매달린 언덕)

늘 사랑했다는

– 에밀리 디킨슨

늘 사랑했다는
증거를 당신에게 가져옵니다
사랑하기 전까지
난 제대로 사랑하지 않았으니까요.

늘 사랑할 거라고
당신에게 전합니다
사랑은 삶이고
그리하여 삶에 불멸이 생겨나니까요.

이것을 당신은 의심하시나요?
그렇다면 난
갈보리 외엔
보여드릴 게 없답니다.

'그러나'의 뜻인 but은 여기서 '제외하다(except)'의 의미로 해석된다. 한때 유행했던 노래 가사 중 'I love nobody but you'는 '당신을 제외하고는 아무도 사랑하지 않는다.'라는 의미가 된다. 또한 오로지(only)의 뜻으로 쓰일 때도 있다. "I'm but a student."라고 하면, '나는 그저 학생일 뿐이다.'라는 뜻이다.

있는 그대로의 사랑법

상대를 대상화하고, 자신이 바라는 역할에 묶어 듣기 좋은 소리를 내고 예쁜 모습만 보이라고 말하는 남자를 사랑하는 일은 비극이었다. 그럼에도 나는 사랑받고 싶은 마음에 억지로 나를 쥐어짰다. 상대가 보고자 하는 모습에 나를 욱여넣으려 애쓰다 결국 견딜 수 없이 조각조각 부서져 나갔다.

당신의 사랑 방식이 있는 그대로의 나를 사랑하지 못하여, 당신과 함께하지 않기로 했다. 그렇다고 당신을 사랑하지 않느냐고? 아니, 늘 사랑했고 사랑할 것이다. 다만 나를 당신의 방식에 맞출 수 없을 뿐이다. 당신에게 내가 믿는 사랑으로 돌아오라 할 수도 없다. 나를 욱여 넣어서, 그렇게 사랑하는 것이 당신의 방법이고 행복이라면 당신 방식에 맞는 사람과 살라고 보내주는 게 오히려 당신을 사랑하는 일이 될 수도 있지 않을까.

어쩌면 에밀리도 그런 사랑을 한 것 같다. "내가 너를 사랑하므로 나에게 와서 내 기준에 맞추고, 나의 집을 꾸리고, 봉사하고, 돌보는 '집 안의 천사Angel in the House'가 되어주렴." 아마도 이런 사랑 고백을 받았던 것 같다.

하지만 19세기 여성에게는 '그건 사랑이 아니잖아요!'라고 반박할 수 있는 목소리가 없었다. 할 수 있는 것이라고는 '당신이 원하는 대로 해줄 여자를 찾아가세요.'라는 수동적이고 소극적인 거부뿐이었을 것이다. 나는 그대가 원하는 방식으로 살 수 없고, 그대에게 내 방식에 맞추라고 강요하지도 않을 테니 그대 뜻대로 살라고 놓아 보내는 것 말이다.

붙잡히고 길들여져 쪼그라들고, 지긋지긋해질 때까지 희생하며 상대가 정해준 자리에, 정해진 모습으로 있어야 사랑하는 것이라 우기지 마시라. 왜 사랑을 당신이 정한 방식으로 증명해야 하는가. 내 사랑이 그렇게 닳고 닳아 헤지는 것을 보느니, 당신을 보내고 세상의 가장 궁벽한 구석에 남아 홀로 사랑하더라도, 그곳이 괴로운 갈보리 언덕이라 할지라도 거기에서 내 사랑을 지키겠다는 포부가 이 시에는 있다. 에밀리가 상대의 의심에 갈보리 십자가를 사랑의 증거로 보인다는 것은 사랑은 증명할 수 없다는 사실의 반증이다. 나를 맞추어 증명해 보여야 하는 사랑은, 사랑이 아니다.

28년을 집 밖으로 나오지 않던 에밀리 디킨슨이 남긴 시는 그렇게 읽힌다. 나를 대상화하고 지배하려는 남자와 나의 믿음, 사랑, 존엄을 온전히 지키며 관계 맺는 법을 찾으라한다면 나도 에밀리의 방식을 떠올릴 것이다. 그럼에도 사랑하지 않을 수 없는 것이 슬프지만, 이렇게는 말할 수 있을 것 같다.

"Take me as I am or leave me."

나를 있는 그대로 받아들일 수 없으면 나를 떠나시라. 사랑의 이름으로 그대가 나에게 십자가가 될 수 없으니 떠나시라.

영시로 배우는 영어

This, dost thou doubt, sweet?
이것을 당신은 의심하시나요?

Doubt something은 'something을 의심하다'라는 뜻이다. 이 시에서는 "Do you doubt this, sweet?"라고 표현한다. sweet은 '자기야'의 어감으로 상대를 부를 때 사용된다.

믿음이 없는 자여, 무엇을 의심하는가?
You of little faith, what do you doubt?

당신은 남자친구와의 관계를 의심해본 적이 한번이라도 있나요?
Have you ever doubted your relationship with your boyfriend?

doubt ~ ~을 의심하다

Then have I / Nothing to show / But Calvary
그렇다면 난 / 보여드릴 게 없답니다 / 갈보리 외엔

nothing but을 붙여 쓰면 '단지, 오직'의 뜻이 된다. 예컨대 "He has everything nothing but love."는 그는 사랑을 제외하고는 모든 것을 가지고 있다로 해석할 수 있다. 여기서 but은 '제외하고'라는 뜻의 전치사로 쓰였다.

그는 기타 하나와 총 한 자루 외엔 가진 게 없었다.
He had nothing but a guitar and a gun.

그 가족은 수프 한 그릇 외엔 내놓을 것이 없었다.
The family had nothing to offer but a bowl of soup.

나는 "예스터데이" 외엔 부르지 못한다.
I can sing nothing but "Yesterday."

Day 5

사랑과 소유는 병립할 수 없다

루이즈 글룩

Louise Glück, 1943-

미국의 시인이다. 헝가리계 유대인 집안에서 태어나 롱아일랜드에서 자랐다. 거식증에 걸린 후 고등학교를 자퇴하고 심리분석을 공부하기 시작했으며, 대학교 역시 거식증으로 그만두어야 했다. 1993년 퓰리처상을, 2014년 내셔널 북 어워드를 수상했다. 《야생 붓꽃(The Wild Iris)》을 포함하여 12권의 시집과 시에 대한 에세이집인 《Proofs and Theories: Essays on Poetry》를 출간했다.

A Myth of Devotion

- Louise Glück

When Hades decided he loved this girl
he built for her a duplicate of earth,
everything the same, down to the meadow,
but with a bed added.

Everything the same, including sunlight,
because it would be hard on a young girl
to go so quickly from bright light to utter darkness

Gradually, he thought, he'd introduce the night,
first as the shadows of fluttering leaves.
Then moon, then stars. Then no moon, no stars.
Let Persephone get used to it slowly.
In the end, he thought, she'd find it comforting.

A replica of earth
except there was love here.
Doesn't everyone want love?

devotion 헌신 | duplicate 사본, 복사본 | meadow 목초지 | utter 전적인, 완전한
flutter 파닥이다, 펄럭이다 | replica 복제품, 모형

He waited many years,
building a world, watching
Persephone in the meadow.
Persephone, a smeller, a taster.
If you have one appetite, he thought,
you have them all.

Doesn't everyone want to feel in the night
the beloved body, compass, polestar,
to hear the quiet breathing that says
I *am alive*, that means also
you are alive, because you hear me,
you are here with me. And when one turns,
the other turns—

That's what he felt, the lord of darkness,
looking at the world he had
constructed for Persephone. It never crossed

appetite 식욕, 욕구 | compass 나침반 | polestar 북극성 | construct 만들다, 짓다

his mind
that there'd be no more smelling here,
certainly no more eating.

Guilt? Terror? The fear of love?
These things he couldn't imagine;
no lover ever imagines them.

He dreams, he wonders what to call this place.
First he thinks: *The New Hell.* Then: *The Garden.*
In the end, he decides to name it
Persephone's Girlhood.

A soft light rising above the level meadow,
behind the bed. He takes her in his arms.
He wants to say *I love you, nothing can hurt you*

but he thinks
this is a lie, so he says in the end

guit 죄책감, 책임 | terror 두려움, 공포 | wonder 궁금하다, 궁금해하다
girlhood 소녀시절

you're dead, nothing can hurt you
which seems to him
a more promising beginning, more true.

promising 조짐이 좋은

헌신이라는 신화

– 루이즈 글룩

이 소녀를 사랑해야겠노라 결심했을 때
하데스는 그녀를 위해 지상의 복사판을 만들었다
모든 것이 똑같았다, 푸른 초원까지
다만 침대 하나만 더 들여놓았다

모든 게 똑같았다, 햇빛까지 포함해서
소녀가 밝은 빛에서 새까만 어둠으로 한순간에 옮겨지는 게
힘들까 봐 그렇게 만들었다

하데스는 생각했다. 차츰차츰 밤을 끼워넣어야지
처음에는 바람에 수런거리는 나뭇잎의 그림자로,
그리고는 달을 넣고, 다음엔 별들을 넣고
그러다 달을 없애고, 별도 없애고
천천히 페르세포네가 익숙해지게 해야지
그러다 결국엔 어둠이 편해질 테지, 그런 속셈이었다

darkness를 수식하는 형용사로는 complete darkness, total darkness, deep darkness, pitch darkness 등이 있다. 본문에서는 utter darkness를 complete darkness 혹은 total darkness의 동의어로 표현했다. '칠흑 같은 검정'이라고 할 때는 pitch black으로 쓴다.

지상의 복사판이었다
사랑이 있는 것만 빼고
하지만 사랑은 모두가 원하는 것 아니던가?

하데스는 여러 해를 기다렸다
하나의 세계를 만들고, 초원에 있는 페르세포네를 지켜보며.
페르세포네는 냄새 맡는 자요, 맛을 보는 자였다.
한 가지 욕망을 알게 되면, 모든 욕망을 알게 되지
하데스의 생각이었다.

밤에 사랑하는 이의 몸을, 나침반을, 북극성을
모두들 느끼고 싶어 하지 않는가? 나는 살아있다며 조용하게
들썩이는 숨소리를 듣고 싶지 않던가? 그건,
당신이 내 숨소리를 듣는다는 건
당신도 살아있다는 의미이니까
당신이 나와 함께 있다는 의미이니까
그렇게 한 사람이 돌아누우면, 옆 사람도 같이 돌아누우니까

이게 어둠의 군주가 페르세포네를 위해
만든 세계를 바라보며 느낀 바였다
하지만 여기엔 아무런 냄새도 없고
그렇기에 더 이상 먹는 일도 없다는 생각은
들지 않았다.

죄의식? 공포? 사랑에 대한 두려움?
이런 것들을 그는 상상할 수가 없었다
어떤 연인도 그딴 건 상상 못하는 법이니까.

하데스는 꿈꾼다. 이 장소를 뭐라 부를까 궁리한다.
처음 드는 생각은, "새로운 지옥" 그 다음 떠오른 생각은
"정원"
그러다 결국에 그는 이곳을 '페르세포네의 소녀기'라고
부르기로 했다.

부드러운 빛이 침대 뒤
초원보다 높게 떠오른다. 하데스는 페르세포네를 팔에 안고
'사랑하오, 아무것도 당신을 해치지 못해'라고 말하고 싶다

하지만, 생각을 고쳐먹는다
그렇게 말하면 거짓말이지, 그래서 그는 결국 말한다
'당신은 죽었소, 아무것도 당신을 해칠 수 없소'
이 말이 하데스에게는 더욱 그럴싸한 시작에
더욱 진실된 말로 들렸으니까.

사랑과 소유는 병립할 수 없다

시는 그리스 신화에 나오는 명부冥府의 왕, 하데스의 일방적인 사랑을 그리고 있다. 시 속의 하데스는 자신의 세계에 페르세포네를 끌고 와 가둬놓는다. 자기중심적인 남성들이 여성과 사랑의 관계를 맺을 때, 정확히 말하자면 관계 맺기에 실패했을 때 보이는 강압적 심리가 여실히 드러난다. 지독하게도 이들은 자신이 우선이라, 자신의 욕구를 기준으로 상대의 욕구를 이해한다. 자기가 사랑하는 방식으로 상대도 자신을 사랑할 거라 여기는 것이다. 이러한 극단적인 자기중심성은 성인이 아닌 미성년 혹은 동물의 경우에 한하여 이해 가능한 것이 아닐까. 고양이의 보은처럼, 자신이 좋아하는 쥐나 새를 애써 잡아서 사랑하는 주인에게 바치는 갸륵한 사랑. 쥐나 새의 사체가 끔찍하더라도 고양이니까 '그러려니'가 가능한 사랑이다.

인간은 누구나 자기중심적이다. 그러나 정도가 지나치면 문제가 된다. 그럼에도 다 큰 성인 남성이 '사랑'이라는 미명 아래 지독한 자기중심성에서 벗어나지 못하는 케이스를 우리는 꽤나 많이 접한다. 글룩의 시에서 페르세포네는 하데스가 만든 세계에 억지로 끌려와 하데스를 위해 봉사하는 존재로 그려진다. 사실 신화 속의 세계, 신화 속의 들판, 신화 속의 침대는 모두 남성 위주의 가족 제도에 대한 비유다. 그리고 이러한 비유는 현실에서, 보이지 않는 제도에 억지로 자신을 맞추어야 하는 여성의 비극으로 나타난다.

자신만의 세계를 소유한 하데스는 냄새 맡고, 맛보는 페르세포네의 감각을 묵살한다. 그녀가 '성욕'에 눈뜨게 되면 다른 감각의 상실을 개의치 않아 할 것이라고 속단한다. 자신이 즐거운 만큼 그녀도 즐거울 거라 마음대로 상상한다. 어쩌면 자기중심적 사랑은 상상의 문제일 수도 있다. 가장 원초적인 접촉에서조차 타인의 감각이 아닌 자신의 감각을 상상하려 드는 것. 어떻게 애무해야 상대가 기뻐할까를 궁리하는 것이 아니라, '한 가지 욕망을 채우면 다른 욕망도 당연히 충족되겠지!'라는 잘못된 상상.

소유의 대상이 된 페르세포네는 그렇게 자신이 가진 감각을 누리지 못하고 생명을 잃는다. 현실 속에도 하루하루 자신의 감각을 타인의 것으로 여기고 죽어가는 여성들이 있다. 감각의 주체가 되지 못하는 사람은 결코 자기 인생의 주인이 될 수 없다. 영어로 living dead, 즉 그것은 살아있으나 죽은 것과 진배없는 삶이다. 하데스와 같은 사람들은 자신이 지배하기 쉬운, 자기 세계에 일방적으로 끼워 맞추기 쉬운 어수룩

한 사람을 골라낸다. 이러한 사람들이 만든 세상에서 여성은 늘 '소녀기'에 갇혀 있다. 더욱이 역설적인 이야기는 상대를 자신의 소유물로 만든 사람들 역시 그 사실을 안다는 것이다.

하데스가 "당신은 죽었소."라는 말을 더욱 진실된 것으로 느끼는 것처럼, 소유는 소유당하는 자에게 죽음을 의미한다. 소유는 사랑이 아니다. '널 사랑해서 널 가지고 싶어.'라는 소리는 그릇된 변명에 불과하다.

천상천하 유아독존. 누구나 한때는 자기만의 세계에서 살아간다. 그러나 어른이 되면 자기 세상이 전부가 아니라는 것을 알게 된다. 자신의 세계는 세상의 일부라는 것을 알게 되고, 자신이 세상의 왕이 아니라는 것도 깨닫게 된다. 그리고 다른 사람의 세상과 내 세상의 접점에서 서로가 즐겁고 기뻐할 수 있는 것이 '관계'임을 배운다. 타인을 위해 자신의 에고ego를 접고, 깎는 법을, 그렇게 사랑하고 살아가는 법을 배운다.

지독한 자기중심성과 타인을 계속해서 소유하려는 습관을 버리지 않는 이상 그 사람은 자기만의 작은, 그러나 절대적인 왕국에 갇혀 영원히 외로울 것이다. 냄새도 없고, 생명도 없는 명부의 왕국에서….

영시로 배우는 영어

It would be hard on a young girl to go
So quickly from bright light to utter darkness.
소녀가 밝은 빛에서 새까만 어둠으로
한순간에 옮겨지는 건 힘들까 봐 그렇게 만들었다.

hard는 '어려운'이라는 뜻이다. ~하는 것이 누군가에게 힘든 일이라는 걸 말하고자 할 때는 전치사 on을 써서 'be hard on someone'이라고 쓴다.

학교 첫날은 학부모들에게도 힘들다.
The first day of school is hard on parents, too.

감옥에서의 시간이 그녀에게 힘들었는지 그녀는 이제 너무 늙어 보인다.
Prison time has been hard on her. She looks very old now.

be hard on ~에게 힘들다

Let Persephone get used to it slowly.

천천히 그녀가 익숙해지게 해야지

'익숙해지다'라는 의미의 표현인 'get used to something'은 과연 우리가 익숙해질 만큼 많이 보았던 표현이 아닐까 싶다.

직장에서 이용당하는 데에 익숙해지지 마라.

Don't get used to being used at work.

오렌지 나무가 거리에서 자라는 걸 보는 건 생전 익숙해질 것 같지 않다.

I don't think I'll ever get used to seeing orange trees growing on the streets.

get used to something ~에 익숙해지다

Day 6

사랑은 자칫 기만이 된다

실비아 플라스

Sylvia Plath, 1932-1963

미국의 시인이자 소설가다. 스미스여자대학교를 거쳐 영국 캠브리지대학교 눈햄칼리지에서 수학했다. 유학 중 만난 영국의 시인 테드 휴스(Ted Hughes)와 결혼해 슬하에 두 자녀를 두었지만 끝내 결별했고, 그로부터 몇 개월 후 혹독한 추위가 덮쳤던 런던에서 가스 오븐에 머리를 박고 자살하였다. '고백 시'라는 장르를 개척한 것으로 유명한 그녀는 《콜로서스(The Colossus and Other Poems)》와 《아리엘(Ariel)》이라는 두 권의 시집을 남겼다.

Mad Girl's Love Song

- Sylvia Plath

"I shut my eyes and all the world drops dead;
I lift my lids and all is born again.
(I think I made you up inside my head.)

The stars go waltzing out in blue and red,
And arbitrary blackness gallops in:
I shut my eyes and all the world drops dead.

I dreamed that you bewitched me into bed
And sung me moon-struck, kissed me quite
  insane.
(I think I made you up inside my head.)

God topples from the sky, hell's fires fade:
Exit seraphim and Satan's men:
I shut my eyes and all the world drops dead.

I fancied you'd return the way you said,

lid(eyelid) 눈꺼풀 | make up 만들어내다, 지어내다 | arbitrary 임의적인, 제멋대로의
gallop 전속력으로 달리다 | bewitch 홀리다, 넋을 빼놓다 | insane 미친, 제정신이 아닌
topple 넘어지다 | fancy 바라다 | moon-struck (특히 사랑에 빠져) 약간 이상한

But I grow old and I forget your name.
(I think I made you up inside my head.)

I should have loved a thunderbird instead;
At least when spring comes they roar back again.
I shut my eyes and all the world drops dead.
(I think I made you up inside my head.)”

seraphim 치품천사 seraph의 복수형 | thunderbird 천둥새

미친 소녀의 사랑 노래

– 실비아 플라스

"눈을 감으면 온 세상이 와르르 무너진다
눈을 뜨면 세상은 다시 태어난다.
(당신을 내 머릿속에서 지어냈었나 봐)

별들이 파랑, 빨강 빛으로 뱅뱅 돌며 춤을 추고
어둠이 무작위로 달려들어온다
눈을 감으면 온 세상이 와르르 무너진다.

당신이 나를 홀려 침대로 데려가
내게 노래를 불러주고 나를 미혹하고, 내게 키스를 해
넋을 빼는 꿈을 꾸었다.
(당신을 내 머릿속에서 지어냈었나 봐)

신은 하늘에서부터 허물어지고, 지옥의 불은 사그라진다
천사들과 사탄의 부하들이 퇴장한다
눈을 감으면 온 세상이 와르르 무너진다.

당신이 말했던 대로 당신이 돌아오기를 바랐다
하지만 나는 나이가 들고 당신 이름을 잊었지.
(당신을 내 머릿속에서 지어냈었나 봐)

대신 천둥새를 사랑했어야 했다
적어도 그네들은 봄이 오면 요란하게 울며 돌아오니까.
눈을 감으면 온 세상이 와르르 무너져 내린다.
(당신을 내 머릿속에서 지어냈었나 봐)”

사랑이라는 미망迷妄

미망迷妄 : 사리에 어두워 갈피를 잡지 못하고 헤맴

미망未忘 : 잊으려 해도 잊을 수가 없음

기망祈望 : 빌고 바람

기망欺罔 : 남을 속여 넘김

사랑은 어쩌면 사랑하는 자가 만드는 환상일지도 모른다. 물론 호르몬이 들끓고, 뇌가 팽창하는 생물학적 반응도 따라온다. 아니, 어쩌면 생물학적 반응이 먼저 오고 사랑에 대한 환상이 뒤따라오는 것인지도 모른다. 둘 중 어느 쪽이 먼저건 서로가 서로를 강화한다.

누군가가 뒤돌아서면 보고 싶고 계속 생각나며, 누군가를 떠올리면 심장이 뛰고 볼이 붉어질 때 당신은 '아, 내가 미친 건가?'라고 생각할 수도 있다. 미친 소녀의 사랑 노래는 그럴 때 탄생한다. 기실 사랑에 대한 환상의 실체는 자신이 누군가에게 욕망의 대상이 되고 싶다는 욕망이다. 영어로는 'desire to be desired'라고 한다. 나를 보고 흥분하는 상대, 나를 안아 보고 싶다고 속삭이는 상대, 그렇게 손을 이끌어 침대로 데려가는 상대에 대한 환상이 바로 욕망의 대상이 되고자 하는 욕망인 것이다. 이러한 욕망에 인간은 달아오른다. 이것은 우리가 가진 보편적 자기애를 상대방이 확인해주는 과정과 다름없고 자기애에 젖은 뇌는 거대하게 부풀어 오르기 때문이다. 뇌가 팽창하여 제 기능을 못하고 비판력이 심각하게 저하되면, 세상이 아름다워 보인다. 내리쬐는 해도 아름답고, 세찬 비도 아름답고, 우직한 나무도 아름답고, 나무에 깃든 새도 아름답다. 일전에 경험해보지 못한 강렬한 세계가 그렇게 열린다.

우리 삶, 3차원 현실은 객관적으로 존재하지 않는다. 거기에 무엇이 있든지 우리는 외부의 것들을 각자가 감각하고 인지해서 구성하는 구성체fabrication로 존재할 뿐이고, 다만 인간이라는 3차원 존재가 공통적으로 구성하는 무언가가 있을 뿐이다. 그러므로 4차원의 존재는 인지할 수 있는 것을 우리는 전혀 보지도, 듣지도 못한다. 그러나 거창하게도 사랑은 개인의 감각과 인지의 채널을 새롭게 조율한다. 그래서 세상을 전혀 다른 차원으로, 새롭게 경험하게 한다.

문제는, 이런 세상이 영속하지 않는다는 것이다. 우리는 변하고, 우리의 감정도 변하며 사랑도 지나가기 때문이다. 사랑의 지속을 위해서는 어느 정도 이성을 희생하고 일상의 시간을 공유해야 한다. 상대를 위해 손을 내밀고 내 시간과 에

너지를 내어주겠다는 결심을 하고, 그렇게 하루하루 살아 보임과 동시에 상대도 같은 마음으로 시간과 에너지를 내주어야 한다. 이렇게 하면 사랑이라는 환상을 조금이나마 지속할 수 있지만, 온갖 생물학적 반응으로 달뜨기만 하는 강렬한 경험은 우리를 다시 현실의 차원으로 돌려놓을 것이다. 일시적 사랑의 호르몬에 젖은 뇌는 마약을 경험한 사람처럼 복기된 현실 속에서도 강렬함을 그리워한다. 그래서 사랑은 도저히 잊히지 않는 미망未忘이기도 하다. 혈관을 타고 흐르던, 들끓는 피가 지나간 뒷자리는 참으로 씁쓸하고 헛헛하다. 하지만 아무리 아쉽다하더라도 일상으로 성육신하지 못하는 관계는 그저 덧없을 뿐이다. 강렬함을 갈망하며 우리 사이에 사랑이 없다고 한탄할 일은 아니라는 것이다. 타는 목마름을 일상으로 가지고 올 능력이 없는 사람은 사랑할 능력이 없는 걸지도 모른다.

철새가 철을 맞아 돌아오는 것은 본능이다. 사람이 사람에게 끌리는 것도 본능이다. 다만 본능 이상의, 변함없는 삶을 산다고 자부하는 인간은 회귀가 보장되지 않는다. 사람은 변하며, 상대가 언제든 떠난다는 것 그리고 영영 돌아오지 않을 거라는 것을 받아들이지 못한다면, 정말로 새를 사랑하는 게 더 좋을 것이다.

어쩌면 사랑은 당신이 내게 다가오기를 바라는 그 기망祈望에 있는 것이 아닐까 싶다. 기망祈望이 지나칠 때, 인간은 스스로를 기망欺罔하며 '상대는 날 욕망한다.'라는 환상을 만들어낸다. 이런 사랑은(이것이 사랑이라면) 실로 미망迷妄이다.

사랑을 바라는 자는 자신이 미친 건 아닌지 묻기보다는 나의 사랑이 어떻게 해야 환상을 넘어 타인에게, 일상에 가닿을 수 있는지 묻는 편이 좋겠다.

영시로 배우는 영어

I shut my eyes and all the world drops dead.
눈을 감으면 온 세상이 와르르 무너져 내린다.

drop dead의 본뜻은 '갑자기 쓰러져 죽다'이다. 미국 드라마 〈Drop Dead Diva〉는 갑자기 사고를 당해 죽은 후 거구의 변호사로 환생한 모델의 이야기다. 한편 drop dead는 하나의 부사처럼 쓰여 "drop dead gorgeous," '(보면 쓰러져 죽을 만큼)너무 예쁜'이란 뜻으로도 활용된다.

자신의 꿈을 이루자마자 그는 쓰러져 죽었다.
Next minute he achieved his dream, he dropped dead.

그녀의 미모는 놀라웠다. 말 그대로 쓰러져 죽을 만큼 예뻤다.
Her beauty was astonishing. She was literally drop dead gorgeous.

drop dead 갑자기 쓰러져 죽다 | astonishing 정말 놀라운

Day 7

세상에서 가장 큰 반어법

엘리자베스 비숍

Elizabeth Bishop, 1911-1979

미국의 시인이자 단편소설 작가다. 1956년 퓰리처상을 수상한 그녀는 20세기 가장 순수한 재능을 지닌 시인이라는 평을 받았다. 어릴 적부터 몸이 아파 정규 교육을 제대로 받지 못했다. 바사르 대학교를 다녔고 재학 중 시인 마리앤 무어(Marianne More)를 만나 평생 우정을 이어갔다. 그녀는 여성 시인 앤솔로지에 자신이 포함되는 것을 거부했는데, 남성 시인 앤솔로지는 따로 없는 가운데 이는 멍청한 짓이라는 이유에서였다. 그녀는 살아생전 전세계를 두루 여행하며 시를 썼다.

One Art

- Elizabeth Bishop

The art of losing isn't hard to master;
so many things seem filled with the intent
to be lost that their loss is no disaster.

Lose something every day. Accept the fluster
of lost door keys, the hour badly spent.
The art of losing isn't hard to master.

Then practice losing farther, losing faster:
places, and names, and where it was you meant
to travel. None of these will bring disaster.

I lost my mother's watch. And look! my last, or
next-to-last, of three loved houses went.
The art of losing isn't hard to master.

I lost two cities, lovely ones. And, vaster,
some realms I owned, two rivers, a continent.

intent 의도 | loss 상실 | disaster 재앙 | fluster 허둥거림 | vast 광대한 | realm 영토
shan't shall not의 축약형 | evident 분명한 | master ~을 완전히 익히다

I miss them, but it wasn't a disaster.

—Even losing you (the joking voice, a gesture
I love) I shan't have lied. It's evident
the art of losing's not too hard to master
though it may look like (*Write* it!) like disaster.

art는 예술 혹은 기술이며 nature(자연)의 반대말이기도 하다. 자연에 원래부터 있던 것과 달리 인위적으로 만든 것이기 때문이다. art의 형용사 중 하나인 artificial은 그래서 '인위적인'이라는 뜻이 된다.

한 가지 기술

– 엘리자베스 비숍

잃어버리는 기술을 터득하는 건 어렵지 않아요
많은 것들이 잃어버리겠다는 의도로 가득 차 있는 듯하니
그것들을 잃는다 하여 재앙은 아니죠.

매일 뭔가를 잃어버려 봐요. 열쇠를 잃어버리거나
시간을 허비해도 그 낭패감을 그냥 받아들여요.
잃어버리는 기술을 터득하는 건 어렵지 않아요.

그리곤 더 많이, 더 빨리 잃어버리길 연습하는 거예요
장소, 이름, 여행하려 했던 곳.
이것들을 잃어버린다고 재앙이 닥치지는 않아요.

난 어머니의 시계를 잃어버렸어요. 그리고 보세요!
내가 사랑했던 세 채의 집 중 마지막 집이든가, 아니 그전
집도 잃어버렸어요.
잃어버리는 법을 터득하는 건 어렵지 않아요.

난 두 도시를 잃었어요 사랑스러운 도시였죠. 더 넓게는, 내가 소유했던 얼마간의 영토와 두 개의 강과 하나의 대륙도 잃었어요.
그것들이 그립기는 하지만, 그렇다고 재앙은 아니었어요.

심지어는 당신을 잃는 것도 (그 장난스러운 목소리와 내가 사랑하는 몸짓) 거짓말은 하지 않을게요. 잃어버리는 기술은 터득하는 건 그리 어렵지 않아요
재앙처럼 보일 수 있을지는 (써 두세요!) 몰라도요.

잃어버리는 기술을 터득하는 건 어렵지 않다

삶에는 여러 가지 기술이 있다. 친구를 사귀는 법, 좋은 부모가 되는 법, 훌륭한 지도자가 되는 법, 공부를 잘하는 법 등등. 공연하게 따르면 좋은 법칙들은 모두 무언가를 얻거나 성공하는 방향에 초점이 맞춰진다. 우리는 '실패하는 법'을 말하지 않는 것처럼 '잃어버리는 법'에 대해서도 말하지 않는다. 노력해서 배우려고 하지 않아도, 무언가를 하려다가 못하면 실패하는 것이고, 무언가를 얻으려다 안 되면 잃어버리는 것이 되기 때문이다.

내가 가장 자주 쓰는, 가장 크고 비극적인 반어법은 "난 당신 없이도 살아!"다. 이게 얼마나 이를 악물고 하는 말인지 듣는 사람은 잘 모를 수도 있다. 이 반어법은《어린 왕자》에 나오는 장미가 자주 쓰는 것으로, 장미는 두 개의 가시를 내보이며 "봐봐, 난 당신 없이도 살 수 있어!"라고 말한다. 언제나, 늘, 장미는 말을 그렇게 한다. 그리고 왕자는 장미의 말이 반어였음을 뒤늦게 깨닫고 돌아가려 하지만 끝내 소행성으로 돌아가지 못한다.

사실 사랑이 없어도 살아진다. 죽을 만큼 괴로워도 살고, 대학에 떨어져도 살고, 친구와 싸워도 살고, 실직을 해도 산다. 어느 정도 나이가 들었을 때는 이 모든 실패와 고난을 겪고도 죽지 않는다는 사실을 본능적으로 알게 된다. 그리하여 소중했던 그 무언가 혹은 누군가를 잃어도 죽지는 않을 거라는 것도 본능적으로 안다. 다만 '당신이 있어 산다'와 '당신이 없어도 산다'의 간극은 우주를 통째로 집어삼키는 거대한 블랙홀만큼 크다. 그것은 '당신 없이도 나는 죽지 않을 텐데, 내 마음속 블랙홀 하나가 영원히 회전하며 엄청난 밀도로 내 삶의 빛조차 빨아들이겠지…. 그런데 아마 난 내색하지 않고 이를 악물고 살아남을 거야….'라는 뜻이다.

이 시에는 엘리자베스 비숍의 목소리가 상당히 많이 투영되어 있다. 비숍은 상실loss을 누구보다도 많이 겪은 사람이었다. 태어나자마자 아버지는 사고로 죽고, 어머니는 정신병원으로 보내져 평생을 갇혀 살았다. 그녀는 거의 혼자나 다름없었다. 외조부모가 비숍을 키웠으나 친조부모가 양육권을 가져가는 바람에 원치 않게 집을 바꾸어야 했고, 비숍이 그들에게 적응을 못하자 다시 이모의 손으로 넘겨져 자랐다. 그녀는 전세계를 두루 여행하는 방랑자였으나, 브라질에서 인연을 만나 몇 년을 정착하기도 했다. 그러나 그렇게 사랑했던 연인, 로타 데 마세도 소아레스Lota de Macedo Soares는 자살로 삶을 마감했다. 사랑했던 이들을 하나둘씩 잃어갔던 비숍은 말년에 앨리스 멧퍼즐Alice Methfessel이라는 여인을 사랑했다. 전기 작가에 따르면, 비숍은 알코올 중독으로 하던 일조차 하나씩 잃어갔고, 사랑하는 앨리스가 자신을 떠날 수도 있다는 두려움에 떨었다고 한다. 그 두려움 속에서 탄생한 아름다운 시가 바로 〈한 가지 기술〉이다.

이 시는 그 자체가 반어법이다. 마지막 연인 앨리스마저 잃을까 두려워했던 여인이 "당신 없어도 난 살아."라고 중얼거리는 시다. 내 인생에서 저 말보다 큰 반어법이 없던 것처럼, 비숍의 인생에서도 저 말이 가장 큰 반어법이었을 거라 생각해본다.

재앙, 끔찍한 결말이 닥쳐야만 사람이 죽는 것은 아니다. 재앙이 오지 않아도 작은 개미 한 마리가 야금야금 내 살을 떼어가다 보면 나는 결국 죽을 수도 있다. 이 시는 "그래. 시련 한 번에 쓰러져 죽지 않고, 나는 당신이 떠나도 오래 살아있을 거야. 그런데 봐봐. 이 개미 한 마리가 내 삶을 한 점씩 떼어가고 있네. 얼마만큼 떼어 가면 쓰러져 죽게 될까?"라는 반어다. 하긴, 어차피 인간이란 죽음을 목전에 두었으니, 당신 없어도 살다 죽는다는 것이 완전 틀린 말은 아니다.

다행히도. 비숍은 앨리스를 잃지 않았다.

앨리스보다 먼저 죽었으니까.

영시로 배우는 영어

The art of losing isn't hard to master.
잃어버리는 기술을 터득하는 건 어렵지 않아요

Something is(isn't) hard to master.는 언제든 It is (isn't) hard to master something.으로 바꾸어 쓸 수 있다.

하모니카 연주는 터득하기 어렵지 않다.
Playing the harmonica isn't hard to master.

그 게임을 시작해서 하는 것은 놀라울 정도로 단순하지만, 능숙해지는 건 좌절감이 들 정도로 어렵다.
The game is incredibly simple to pick up and play but frustratingly hard to master.

체스하고 바둑 중에서 어떤 게 더 터득하기 어려워?
Which is the harder to master, chess or go?

hard to master 터득하기 어려운 | go 바둑

though it may look like (Write it!) like disaster.
재앙처럼 보일 수 있을지는 (써 두세요!) 몰라도요

look like something은 '~처럼 보인다'는 뜻이다. 또한 무엇처럼 보인다는 건 그것이 아니라는 뜻이기도 하다. 이 뉘앙스를 잘 활용하면 실전에서 재미있게 써먹을 수 있다.

30대 중년 아시아 여성은 유럽에서 10대 소녀로 보일 수도 있다.
An Asian woman in her 30s may look like a teenage girl in Europe.

요기(요가 수행자)처럼 보이는 그 남자가 내게 갑자기 행복하냐고 물었다.
The man who looked like a yogi suddenly asked me if I was happy.

look like A A처럼 보이다 | teenager 십대의

Day 8

뱉지 못하는 사랑도 사랑이다

사라 티즈데일

Sara Teasdale, 1884-1933

"Beauty, more than bitterness, makes the heart break."
쓰라림보다 아름다움이 심장을 깨트린다.

"I have no riches but my thoughts.
Yet these are wealth enough for me."
내게는 생각 외에는 풍족한 게 없다.
하지만 내게 족한 부유함이다.

"My soul is a broken field, plowed by pain."
내 영혼은 고통으로 쟁기질을 하는, 험한 밭이다.

Those Who love

- Sara Teasdale

Those who love the most,
Do not talk of their love,
Francesca, Guinevere,
Deirdre, Iseult, Heloise,
In the fragrant gardens of heaven
Are silent, or speak if at all
Of fragile, inconsequent things.

And a woman I used to know
Who loved one man from her youth,
Against the strength of the fates
Fighting in somber pride
Never spoke of this thing,
But hearing his name by chance,
A light would pass over her face.

fragrant 향기로운 | fragile 부서지기 쉬운 | inconsequent 비논리적인
against ~에 반대하는, 맞서는 | somber 수수한, 음울한 | by chance 우연히

사랑하는 자들은

– 사라 티즈데일

위대한 사랑을 하는 자들은
사랑에 대해 말하지 않는다
프란체스카, 기네비어,
데르드러, 이졸데, 엘로이즈는
천국의 조각난 정원에서
침묵한다. 설령 말을 한다면
부서져 흩날리는 소소한 이야기들만 할 뿐이다.

내가 알던 한 여자도
젊은 시절 한 남자를 사랑했다
가혹한 운명에 맞서
수수한 자부심 속에서 싸우면서
이 일에 대해 한 마디도 하지 않았다
그러나 우연히 그의 이름이라도 듣게 되면,
그녀의 얼굴에 한 줄기 빛이 스쳐가곤 했다.

"gardens of heaven" 천국의 정원이라는 표현은 관용구이다. 천국의 운동장, 천국의 숲, 천국의 저택…. 이런 표현들은 거의 쓰지 않는다. 대신 '천국의 정원'이라는 표현은 정말 자주 등장한다. 이상향인 장소는 아늑하고 아름다운 정원이 더 잘 어울린다는 사람들의 생각이 반영된 표현이다.

말로 할 수 없는 것의 힘

프란체스카Francesca는 단테의 신곡에 등장하는 인물로, 아버지의 원수 집안과 화평을 맺기 위해 정략결혼을 하는 여성이다. 그러나 그녀는 남편의 동생과 사랑에 빠지게 되고, 분노한 남편의 손에 살해당한다. 기네비어Guinevere는 영국 아더 왕의 왕비로 원탁의 기사 중 한 명인 호수의 기사 랜슬롯Lancelot과 사랑에 빠져 원탁의 분열을 일으키는 인물이다. 궁정 음유시인의 딸인 데르드러Deirdre는 아일랜드에서 가장 비극적인 러브 스토리의 주인공이다. 그녀는 뛰어난 외모로 많은 남자를 죽게 만들 거라는 예언 때문에 부모에게 버려지나, 미모의 여성을 탐했던 왕이 몰래 맡아 기른다. 그러나 그녀가 젊은 기사 나오이즈와 사랑에 빠진 후 스코틀랜드로 도망가 가정을 꾸리자 왕이 군사를 보내 남자와 남동생, 아이들을 모두 죽이고 그녀를 데려온다. 왕은 자신의 마음과 달리 반응을 보이지 않는 데르드러에게 싫증을 느끼고 그녀를 휘하의 장군에게 보내버린다. 장군에게 가는 전차 안에서 앞으로 모시게 될 장군이 자신의 남편을 죽였다는 것을 안 데르드러는 전차 밖으로 몸을 던져 자살한다. 비극적인 사랑이야기 〈트리스탄과 이졸데Tristan and Isolde〉의 유명한 주인공 이졸데Isolde는 콘월의 왕인 삼촌 대신 아일랜드 공주 이졸데에게 구혼하러 왔던 트리스탄과 사랑에 빠지며 비극적인 이야기의 주인공이 된다. 엘로이즈Heloise는 〈아벨라르와 엘로이즈 Abelard and Heloise〉의 주인공으로, 프랑스에 실재했던 인물이다. 가정교사였던 아벨라르가 엘로이즈와 사랑에 빠지자, 엘로이즈의 아버지와 오빠들이 아벨라르를 거세시키고 엘로이즈를 수녀원에 보내버린다. 이후 아벨라르와 엘로이즈는 성직자가 되어 죽을 때까지 서로를 보지 못하고 편지만 교환하다가 삶을 마친다. 그들이 죽고 수백 년이 흐른 뒤 프랑스인들은 이 둘을 한 곳에 나란히 묻어주었다.

여성이 배우자를 택할 수 있게 된 것은 불과 몇 십 년 전이다. 아니, 사실 결혼이 '연애'와 이어지게 된 것도 얼마 되지 않았다고 본다. 우리가 너무도 당연하게 사랑하는 사람과 결혼하고, 사랑에 관해 수없이 말하는 것과 대조적으로 사랑하는 사람과 쉽게 결혼할 수 없던 시대의 사랑은 어쩌면 정말로 말할 수 없는, 강력한 힘을 지닌 것이었을지 모른다.

같은 맥락에서 "fragile, inconsequent things," '연약해서 부서지기 쉽고 하찮고 소소한 것들'에 대해서만 말할 수 있다는 시인의 말은 그래서 슬프다. 말로 할 수 있는 슬픔은 이미 지나간, 정리된 슬픔일 것이다. 시간의 흐름에 닳고 닳

아벨라르와 엘로이즈가 주고받은 편지는 서간집으로 출간되었다. 12세기의 여성이었던 엘로이즈는 이후 수녀원장이 되어 결혼 무용론을 펼치고, 결혼은 매매라고 하며 재신과 지위가 아니라 '사람'을 사랑하는 '순수한 사랑'에 대해 말했다.

아 소소하게 작아진 슬픔과 달리 현재진행형인 슬픔은 마음 속 깊은 곳에 가득 담겨 차마 입 밖으로 낼 수 없다. 댐이 가득차면 작은 방울에도 방둑이 무너져 내리듯, 가벼운 슬픔일지라도 입 밖으로 내어지면 그 파장이 억눌렀던 슬픔까지 우수수 쏟아내 버린다. 그래서 차마 말하지 못한다.

'말로 하지 못하는 것들'은 영어로 'Things unsaid'라고 쓴다. "Things left unsaid"라고 하면 '말하지 않고 내버려둔 것들'이 되어 더 의미심장해진다. 이따금 정말 큰 상실은 내버려둘 때가 있다. 강해서 그러는 것이 아니라, 내놓았다가 봇물 터지듯 터져 나와 그 감정에 빠질까 봐 그러는 것이다. 그러나 아이러니하게도 터지지 않도록 참고 버티다 보면 점차 강해지는 느낌이 든다. 억눌러 참는 것이 아니라, 정말로 말하지 않을 수 있게 된다.

그제서야 사랑했던 이의 이름은 한 줄기 빛으로 마음 한 구석에 남는다. 그대와의 사랑이 이루어지지 않으므로 오래, 내 한 평생 그대를 사랑할 수 있다는 것 또한 깨닫게 된다. 삶의 또 다른 역설이 그렇게 완성된다. 말로 하지 못하므로 위대한 사랑 말이다.

(a woman) loved one man from her youth,
Against the strength of the fates.
가혹한 운명에 맞서
젊은 시절부터 한 남자를 사랑했다

against는 뜻이 생각보다 많다. 이 시에서는 '~에 맞서'라는 의미로 쓰였다. 'lean against'는 '~에 기대어 있다'는 뜻이 되고, 'against the blue sky'라고 하면 '푸른 하늘을 배경으로'라는 의미가 된다. 'against a rainy day'라고 하면 '궂은 날에 대비해서'라는 의미다.

당신은 사형에 찬성하는가 아니면 반대하는가?
Are you against or for death penalty?

감옥에서 탈출하기 위해 그는 거친 파도에 맞서 수영을 해야 했다.
He had to swim against rough waves to escape from the prison.

against ~ ~에 맞서, ~를 반대하여, ~이 기대어, ~를 배경으로, ~에 대비해서
death penalty 사형 | prison 감옥

A light would pass over her face.

그녀의 얼굴에 한 줄기 빛이 스쳐가곤 했다.

pass 뒤에는 다양한 전치사를 붙여서 뉘앙스가 달라지게 만들 수 있다. pass over는 위로 지나쳐 가다, pass by는 옆을 지나쳐 가다, pass through는 통과해서 지나쳐 가다, pass on to는 계속해서 (다른 것으로) 넘어가다, pass into는 지나가서 ~로 변하다 등등.

죽음의 천사가 그 집 위로 지나쳐 갔다.

The angel of death passed over the house.

나무들이 머리를 조아릴 때는, 바람이 옆을 지나쳐 가고 있는 중이다.

When the trees bow their heads down, the wind is passing by.

Day 9

전적으로 사랑한다는 것은

에드워드 이스틀린 커밍스

edward estlin cummings, 1894-1962

미국의 시인이자 화가, 희곡작가다. 약 2,900편의 시와 두 권의 자서전, 네 편의 희곡과 다수의 에세이를 남겼다. 20세기 미국 문학사에서 가장 중요한 시인 중 한 명으로 꼽힌다. 하버드대학교 교수인 아버지에게 태어나 본인도 하버드대학교를 졸업했다. 제1차 세계대전에 종군하며 반전사상을 품었고 이 때문에 프랑스 군에 체포, 구금되기도 했다. 이후 50년대에는 매카시즘을 지지했다. 기존의 형식에서 벗어난 현대시 양식을 개척했고, 대문자와 마침표를 쓰지 않은 시로 유명하다.

since feeling is first

- e.e.cummings

since feeling is first
who pays any attention
to the syntax of things
will never wholly kiss you;
wholly to be a fool
while Spring is in the world

my blood approves,
and kisses are a better fate
than wisdom
lady i swear by all flowers. Don't cry
—the best gesture of my brain is less than
your eyelids' flutter which says

we are for each other: then
laugh, leaning back in my arms
for life's not a paragraph

syntax 구문론, 통사론 | wholly 전적으로, 완전히 | approve 승인하다 | fate 운명
swear 맹세하다 | flutter 파닥거림 | lean back 뒤로 기대다 | parenthesis 괄호

And death i think is no parenthesis

93 lean back은 '뒤로 기대다'라는 뜻이다. 'lean back in my arms'는 내 팔에 안겨 등을 기대는 포즈인데, 백허그를 한 상태로 기대 있는 모습을 상상하면 이해하기 쉬울 것 같다.

감정이 먼저

— 에드워드 이스틀린 커밍스

감정이 먼저예요
사물의 통사 구조에 신경 쓰는 자는
온전하게 당신에게 키스 못할 거예요
그건 봄이 이 세상에 있는 동안
온전히 바보가 되는 거니까

내 몸을 흐르는 피가 그게 맞다고 하니
키스가 지혜보다 더 나은 운명이네요
아가씨, 내, 세상의 모든 꽃을 걸고 맹세하는데
울지 말아요
-내 머리가 온갖 재주를 부려도
파닥이는 당신 눈꺼풀만 못하니까요

그 파닥임으로 우리가
인연이라고 말하잖아요. 그러니
내 팔에 안겨 기대어 웃어요
삶은 글의 한 토막이 아니고

죽음은 괄호 넣기가 아니니까요

한 사람 전체가 온다

wholly라는 표현은 '완전히'라는 뜻이다. whole이 전체를 이르므로 '전체를 아울러서'를 뜻하는 '전적으로'의 의미이기도 하다. 그러나 wholly kiss를 한다는 표현은 의문스럽다. 전적인 입맞춤이 있으면 partly kiss, 그러니까 부분적 입맞춤도 있다는 말인가 싶은 것이다.

시에서 시인은 온전하게 키스한다는 것, 전적으로 키스하는 것은 바보가 되는 일이라고 말한다. 다시 말해 사물의 통사 구조나 따지며 매사를 이성적으로 분석하는 사람은 자신을 쏟아부으며 몰입하는 사랑을 하기 힘들다는 소리다. 온몸의 피가 끓어올라 누군가에게 끌리고, 키스하고 싶어질 때 이성은 사실 무용해진다. 이성은 감정을 쉽게 이기지 못한다. 그러므로 시인은 감정이 먼저라고 고백한다.

커밍스는 대문자 쓰기를 거부한 시인이다. 심지어 'i'조차 대문자로 쓰지 않는다. 그는 I(나)를 세상에 들이밀 때 생기는 자아의 거대함을 참지 못하는 시인이다. 그런데 놀랍게도 이 시에는 대문자가 쓰였다! 하나는 Spring(봄)이고 다른 하나는 Don't cry(울지 말아요)의 Don't이다. 전자는 계절이 우리 삶에 미치는 지대한 영향을 문자로 형상화한 것이라고 이해해봄 직하다. 젊은 시절을 우리말로 청춘青春이라고 하는 것처럼, 봄이 젊은 피, 감수성이 폭발하는 때에 미치는 영향은 참으로 크다.

'울지 말아요.'라는 구절에 쓰인 대문자 또한 시인이 그것을 강조하고 싶었기 때문이다. 여자가 눈물을 거두고 불신의 장벽을 넘어 남자의 팔에 안겨올 때, 시 속의 남자는 속삭인다. '삶은 글의 한 토막이 아니어요. 그리고 죽음은 괄호 넣기가 아니어요.' 묘하다. 여자를 안은 남자의 팔이 괄호처럼 보인다. '전적으로' 여자에게 키스하고 사랑하고 싶은 화자의 괄호 안으로 한 여인이 전체로 온 것이다.

한 사람의 삶을 받아들여 자신의 괄호 안에 넣는 이의, '삶은 한 토막 글이 아니어요'라는 말을 '난 당신을 가두지 않아요'라는 뜻으로 해석해보자. 마치 글이라는 것이 한 단락에 그치지 않고 계속되는 것처럼 당신이 내 안에 그리고 내가 당신 안에 있어 서로가 서로에게 전체가 된다면, 우리는 괄호 안에 갇히지 않고 글처럼 죽 이어져 흐른다고 이야기하는 것 같다. 글은 한 사람의 삶을 뛰어넘어 다른 사람에게로 이어지고 흘러가므로.

감정이 먼저다. 그리고 사랑은 전체다. 두 사람이 사랑한다는 것은 전체로서 서로에게 간다는 뜻이다. 봄으로 시작하여 겨울로 이행할지라도, 그 어떤 죽음도 괄호 치지 못하는 생명을 믿는 한, 사랑은 대문자의 계절을 넘어 계속될 것이다. 그러니 "Wholly kiss me." 당신의 전부를 걸고 키스하시라.

who pays any attention
to the syntax of things
will never wholly kiss you
사물의 통사 구조에 신경 쓰는 자는
온전하게 당신에게 키스 못할 거예요

'주의를 기울이다'라는 표현에 '지불하다 혹은 대가를 치르다'라는 뜻의 pay를 쓰는 것은 주목할 만하다. 영어로 어딘가에(누군가에게) '주의'를 기울이는 것은 그만큼의 대가를 치르는 일이라는 숨은 뜻이 있기 때문이다. 어느 한 곳에 attention(주의)을 쏟는다는 것은 다른 곳에는 주의를 쏟지 못한다는 뜻이 된다.

계약서에 서명하기 전에 작은 글씨로 된 부분에 주의를 기울여야 해.
You should pay attention to the fine prints before you sign a contract.

pay attention to ~ ~에 주의를 기울이다 | fine 미세한, 아주 가는 | contract 계약서

프로는 디테일에 주의를 기울인다.

A professional pays attention to details.

행간에 숨은 뜻에 주의를 기울이며 그 편지를 읽어라.

Why don't you pay attention to the meaning between the lines when you read the letter.

Day 10

살아간다는 것은 사랑한다는 것

앨런 긴즈버그

Allen Ginsberg, 1926-1997

1950년대 비트제너레이션(beat generation), 일명 패배의 시대를 대표하는 미국의 시인이자 철학가이며 작가다. 비트제너레이션은 제2차 세계대전 이후 샌프란시스코와 뉴욕을 중심으로 발생한 보헤미안 문학 및 예술가들을 칭한다. 그 일원으로 앨런 긴즈버그는 자본주의의 파괴적인 힘을 비판하고 동성애를 옹호하는 시를 썼다. 불교에 심취했고, 베트남전 반전운동부터 마약 반대까지 비폭력 정치 시위를 주창했다.

Song

- Allen Ginsberg

The weight of the world
        is love.
Under the burden
        of solitude,
Under the burden
        of dissatisfaction

        the weight,
the weight we carry
        is love.

Who can deny?
        In dreams
it touches
        the body,
in thought
        constructs
a miracle,

weight 무게 | solitude 고독 | dissatisfaction 불만족 | construct 짓다
anguish 번민하다 | wearily 지쳐서

in imagination
anguishes
till born
in human—
looks out of the heart
burning with purity—
for the burden of life
is love,

but we carry the weight
wearily,
and so must rest
in the arms of love
at last,
must rest in the arms
of love.

look out은 '내다보다'라는 뜻이다. '무언가의 밖을 내다보다'로 하고 싶으면 'look out of something'이라고 해야 한다. '창밖을 내다보다'는 look out of the window가 맞으나, 자주 쓰이게 되면서 of가 탈락하여, look out the window만 써도 창밖을 내다보다가 되었다.

No rest

without love,

no sleep

without dreams

of love—

be mad or chill

obsessed with angels

or machines,

the final wish

is love

—cannot be bitter,

cannot deny,

cannot withhold

if denied:

the weight is too heavy

—must give

withhold 주지 않다 | obsessed 집착하는 | bitter 쓰라린

for no return
        as thought
is given
        in solitude
in all the excellence
        of its excess.

The warm bodies
        shine together
in the darkness,
        the hand moves
to the center
        of the flesh,
the skin trembles
        in happiness
and the soul comes
        joyful to the eye—

excess 지나침, 과잉 | joyful 기쁜, 기쁨을 주는

yes, yes,
that's what
I wanted,
I always wanted,
I always wanted,
to return
to the body
where I was born.

노래

– 앨런 긴즈버그

이 세계의 무게는
　　　사랑이다.
고독이라는
　　　짐을 지고,
불만족이라는
　　　짐을 진 채

　　　그 무게,
우리가 짊어진 그 무게는
　　　사랑이다.

누가 부인하겠는가?
　　　꿈속에서
사랑은 몸을
　　　만지고,
생각 속에서
　　　사랑은 기적을

빚어내고,

상상 속에서

인간 속에

태어나기까지

괴로워한다.

심장 밖을 주시하고

순수함으로 불타나니,

삶의 짐은

사랑이기 때문이다,

하지만 우리는 그 무게를

피곤하게 짊어지기에

사랑의 품에 안겨

쉬어야 한다

결국

사랑의 품에 안겨

쉬어야 한다

사랑이 없으면
쉼도 없고,
사랑에 대한 꿈이 없으면
잠도
없으니,
미치거나 냉소적이 되거나
천사 혹은 기계에
집착하게 된다
최후의 소원은
사랑이다
부정당해도
더 씁쓸할 수 없고
주지 않을 수도
없다

그 무게는 너무 무겁다

돌려받지 못해도
주어야 한다
생각이
고독 속에서,
그리고 넘치는 그 모든 우월함
속에서
주어지니까

따뜻한 몸들은
어둠 속에서
함께 빛나고,
손은 살의
중심으로
움직이고,
피부는 행복에 겨워
떨린다.
그리고 영혼이 기뻐하며

눈에 드러난다

그렇다, 그렇다
내가 원하던 것은
이것이었다
늘 원하던 것,
늘 원하던 것은
내가 태어났던
몸으로
돌아오는 것이었다

이 세계의 무게는 사랑이다

삶은 짐이다. 좋든 싫든 짊어지고 가야 하는 짐이다. 가벼운 짐도 있고, 무거운 짐도 있다. 그러나 그 누구도 대신 져줄 수 없다. 이왕 짐을 지고 걸어야 한다면 그 짐을 사랑으로 바꾸자. 짐을 사랑으로 바꾸는 태도는 짐꾼의 마음을 달래주기 때문이다.

살다가 고독해져도 사랑하기 때문이라 생각하고, 조금은 불만족스럽더라도 이 역시 사랑하기 때문이라 여기면 짐을 지고 나아가면서도 사랑을 꿈꾸며, 그 기쁨을 상상할 수 있다. 사랑에 닿고자 하는 목적이 생기면 지치고 피곤하더라도 어떻게든 사랑에 도달해 그 품에 안겨 쉴 수 있게 된다.

물론 살과 피를 가진 사랑의 대상을 만나기까지 괴로움anguish을 겪을 수도 있다. 그러나 시인은 사랑이 주는 괴로움보다, 사랑이 없을 때의 비극을 염려한다. 사랑이 없으면 잠도, 꿈도 없는 세상이 되고 사람들은 죄다 미치거나 냉소적으로 변하며, 천사 혹은 기계에 집착하게 될 것이라고 말한다.

사랑이 없어서 '기계'가 된다는 것은 일견 타당하다. 그러나 사랑이 없다고 '천사'가 된다는 건 무슨 의미일까? 기계와 천사의 공통점이 무엇인지 잘 생각해보자. 기계와 천사는 피와 따뜻한 살이 없는 존재들이다. 천사는 완벽하기에 삶을 관조할 수는 있어도 삶에 참여할 수 없다. 우리는 어리석은 줄 알면서도 사랑하고 그러므로 상처받지만, 천사는 미욱하고 어리석지 않으므로 상처 입을 상황에 걸어 들어가지 않는다.

하지만 삶에 있어 천사의 완벽함은 저주일 수 있다. 천사나 기계와 달리 인간은 상처를 통해 변하며, 주고 또 내주는 사랑을 통해 성장하기 때문이다. 인간이기에 모든 걸 내어줄 수 있는 사람을 만나 서로를 확인하고 떨리는 손으로 애무할 수 있으며, 인간이므로 상대의 마음을 확인할 때 서로의 눈동자 속에 나의 가장 내밀한 영혼이 깃드는 것 또한 감각할 수 있기 때문이다.

삶의 짐으로 괴로워하는 우리는 어느 날 문득 깨닫게 될 것이다. 사랑하며 살아갈 때 지나온 길을 버틸 수 있었고, 세상의 무게를 짊어질 수 있었음을. 그리고 나아가 사랑에 도달한 결과가 그 이름으로 걸어온 모든 과정을 정당화한다는 것을. 사랑으로 삶은 완성되고, 짊어진 짐의 무게는 마침내 소실된다는 것을 말이다.

in thought
constructs
a miracle,
(사랑은) 생각 속에서
기적을 일으킨다

영어로 '기적을 일으키다'라는 말은 보통 work a miracle이라고 한다. perform을 써서 '기적을 행하다'라고 해도 나쁘지 않다. 본문에서는 construct a miracle이라고 해서 construct(짓다)를 썼으나, 보통은 work를 쓴다는 것을 알고 가자.

예수님은 물을 포도주로 바꾸는 기적을 행하셨다.
Jesus worked a miracle of turning water into wine.

work a miracle 기적을 일으키다 | turn into ~로 변하다

2부

존재의 언어

Day 11

내 안의 연약한 파랑새

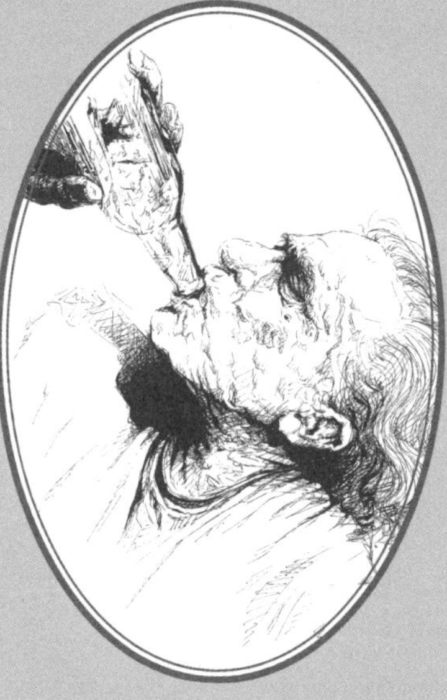

찰스 부코스키

Charles Bukowski, 1920-1994

독일계 미국인으로 폭력적인 아버지 밑에서 자랐다. 어린 시절 또래로부터 따돌림을 당하고 우편배달부, 피클 공장 노동자 등 여러 직업을 전전했던 그는 자신의 시에 로스앤젤레스를 배경으로 한 하류 계층의 삶을 주로 담았다. 그는 비주류의 문학잡지에만 시를 기고했으며, 반사회적 성향 때문에 FBI의 사찰 대상이 되기도 했다. 주류에 편입하지 못하고, 주변을 맴돌던 그의 삶은 1987년 미키 루크 주연의 영화 〈술고래(Barfly)〉에 담겼다.

The Bluebird

- Charles Bukowski

there's a bluebird in my heart that
wants to get out
but I'm too tough for him,
I say, stay in there, I'm not going
to let anybody see
you.

there's a bluebird in my heart that
wants to get out
but I pour whiskey on him and inhale
cigarette smoke
and the whores and the bartenders
and the grocery clerks
never know that
he's
in there.

there's a bluebird in my heart that

get out 나가다 | inhale 숨을 들이마시다 | whore 매춘부

wants to get out
but I'm too tough for him,
I say,
stay down, do you want to mess
me up?
you want to screw up the
works?
you want to blow my book sales in
Europe?

there's a bluebird in my heart that
wants to get out
but I'm too clever, I only let him out
at night sometimes
when everybody's asleep.
I say, I know that you're there,
so don't be
sad.

mess up 엉망으로 만들다 | screw up (신세를) 망치다 | blow 날려버리다
let out 내어놓다, 풀어주다

then I put him back,
but he's singing a little
in there, I haven't quite let him
die
and we sleep together like
that
with our
secret pact
and it's nice enough to
make a man
weep, but I don't
weep, do
you?

weep 울다 | pact 약속, 조약

파랑새

– 찰스 부코스키

내 심장 속에는
나오고 싶어 하는 파랑새가 한 마리 있어
하지만 난 그러기엔 강한 남자라
그렇게 말하지,
거기 있어, 아무도 너를 못 보게 할 거야.

내 심장 속에는
나오고 싶어 하는 파랑새가 한 마리 있어
하지만 나는 새에게 위스키를 쏟아붓고
담배 연기를 들이키지
그러면 창녀들이나 바텐더들이나
식료품 가게 점원들은
새가
거기 있는 걸
결코 몰라.

내 심장 속에는

이 시에서는 'I'를 제외하고는 대문자 표기를 찾아볼 수 없다. 찰스 부코스키는 원래 'I' 외에는 대문자를 사용하지 않기 때문이다. 시인 중에는 'I'조차도 대문자로 쓰는 것을 거부하는 이들이 있다. 대표적으로 e. e. 커밍스(e. e. cummings)

나오고 싶어 하는 파랑새가 한 마리 있어
하지만 난 그러기엔 강한 남자라
그렇게 말하지,
가만히 있어 나를 엉망으로 만들고 싶어?
내가 하는 일들을
망칠래?
유럽에서의 책 판매를 다 날려버리고 싶어?

내 심장 속에는
나오고 싶어 하는 파랑새가 한 마리 있어
하지만 나는 너무 똑똑해서
모두가 잠든 밤에나 이따금
새를 꺼내 놓고 그렇게 말하지.
거기 있는 줄 알아,
그러니까
슬퍼하지 마.

가 그렇다. 그는 자신의 이름도 대문자로 쓰지 않는다. 대문자 표기가 주는 중심성 혹은 주체성을 탈피하고자 하는 시도라고 해석하는 것이 일반이다.

그러다 다시 넣어 놓으면
새는 그 안에서 조금
노래해, 새를 죽게 두지는 않아
우리는 그렇게
비밀 약속을 하고 함께
자거든
남자가 울기도 하는 건 아무렴
좋은 일이지
하지만 난 안 울어
당신은
울어?

나의 연약함을 인정하지 못하는 것은

내가 말하고 싶은 연약함은 영어로 vulnerability다. vulnerable은 상처 입을 정도로 자신의 속살을 드러내놓은 상태를 말한다. 이 연약함vulnerability의 의미는 네 발 동물에게서 잘 나타난다. 직립보행이 가능한 동물과 달리 네 발 동물에게 배는 가장 취약한 부위로 함부로, 드러내서는 안 되는 부분이다. 털이 거의 없고, 자연에 노출되지도 않아 살가죽이 연한 배가 그들에게는 가장 약하고, 위험한 부위인 것이다.

하지만 발라당 누워 사람의 손길을 기다리는 강아지를 보라. 천진하게 세상을 홀랑 믿어버리는(혹은 세상 물정 모르는) 강아지는 배를 드러낸다. 만약 강아지(puppy)가 아닌 개(dog)가 배를 까고 누워 사람의 손길을 받아들인다면 그것은 그 사람을 전적으로 믿고 의지한다는 강렬한 몸짓 언어로 보아도 무방할 것이다.

부코스키의 시는 굉장히 마초적이다. 그의 시에는 자신이 사랑한 여성과 잠자리를 가진 후 그 여성의 민낯을 하나하나 누설하는 글이 즐비하다. 또한 그는 믿을 수 없는 나쁜 남자이기도 하다. 그의 작품 중 한국에서 가장 잘 알려진 《사랑은 지옥에서 온 개》를 읽어보면 부코스키는 결코 '개'라는 표현을 쓰지 않았으리라는 생각이 절로 든다. 그의 느낌을 빌리자면 아마도 '사랑은 지옥에서 온 개새끼'정도가 될까? 그 시의 화자, 시쳇말로 '개새끼' 같은 화자가 시부렁거리는 이야기는 눈살을 찌푸리게 될 정도로 마초적이지만, 이상하게 밉지 않다. 왜냐하면 그가 자신이 못된 개새끼임을 인정하고 있기 때문이다. 자신이 나쁜 놈인 줄 알고, 스스로를 나쁘다 말하는 사람에게 무슨 말을 더 할 수 있을까.

지극히 우악스러운 부코스키의 시를 읽다가, 〈파랑새〉처럼 자신의 연약함을 대놓고 얘기하는 시를 만나면 자못 그에 대한 연민이 인다. 부코스키는 자신의 연약함을 너무나 잘 알고 있다. 그리고 자신의 연약함을 내보일 수 없다는 것도 익히 알고 있다. 그것은 '패퇴감'이다. 자신의 약점을 알고는 있으나 어쩔 도리가 없을 때, 입안이 까슬해지며 느껴지는 감정 말이다. 서양에서는 왜곡된 남성성masculinity에 관해 많은 이야기가 오간다. 또한 이 왜곡된 남성성을 치명적인 남성성toxic masculinity이라 부르기도 한다. '남자답다'는 문화적 가치가 강요되면 될수록 그들 역시 '남성성'이란 독에 빠져 괴로워진다는 것을 의미한다. 이 왜곡된 남성성의 문제는 때로 그들이 자신의 연약함vulnerability을 어떻게 다루는가에 집약되어 드러난다. 강함은 연약함을 모두 숨김으로써 나타나는 것이 아니기 때문이다. 진정한 강인함은 자신의 연약함을 가감 없이 드러내도 무너지지 않는 것이다.

파랑새가 괜히 심장 안에 사는 게 아니다. 시의 화자는 술을 마시고 담배를 태우면서 남성적인 이미지 속에 파랑새를 가둔다. 그러나 위태롭다. 보기에 시커멓고 덩치 큰 남자는 그렇게 위스키를 들이부으며 하루하루 자신을 죽여 간다. 이것은 자신의 연약함을 인정하지 못하는 남자의 비극이다.

남성이든 여성이든 누군가와 내밀하고 돈독한 관계를 가지고자 한다면 상대에게 자신의 속살vulnerability을 내보일 필요가 있다. '당신을 사랑해. 그러니까 당신 손 안에 내 연약한 심장을 쥐어줄게.'라고, 자신의 심장에 사는 파랑새가 살아 펄떡일 수 있도록.

I'm too clever, I only let him out
at night sometimes
when everybody's asleep
나는 너무 똑똑해서
모두가 잠든 밤에나 이따금
새를 꺼내 놓지

'let someone out'은 '누군가를 내보내다, 풀어주다'라는 뜻이다. 'let someone go'라고 하면 '붙잡고 있다가 놓아주다' 정도의 의미가 된다. 'get out'은 '누군가가 나가다'라는 뜻이다. 이는 명령문으로 쓰면 욕에 가까운 말이기도 하다. "Get out of here!"라고 언성 높여 말할 때는 get을 '깃'이라고 발음하며, '썩 꺼져!' 정도의 의미를 갖는다고 보면 된다.

이제 그만 그 여자를 놓아줘. 그건 사랑이 아니라 집착이야.

Please let her go now. It's obsession, not love.

let out 내보내다, 풀어주다 | obsession 집착, 강박

I don't weep,
do you?
난 안 울어
당신은 울어?

반복에 의한 ellipsis(생략)는 영어의 묘미를 더하는 용법이다.

나는 고향이 그리워. 넌 안 그래?
I miss my hometown. Don't you?

나는 완전히 지쳤어. 넌 안 그래?
I'm dog-tired. Aren't you?

Jim은 그 차 사고를 목격했대. 너도야?
Jim said he witnessed the car accident. Did you?

I don' A(동사), Do you? 나는 A하지 않아, 너는 어때? | dog-tired 기진맥진한

Day 12

화려할수록 짙어지는 고독

엘라 휠러 윌콕스

Ella Wheeler Wilcox, 1850-1919

미국의 작가이자 시인이다. 교육열이 높은 집안에서 자라나 13세에 첫 시를 발표했다. 그러나 그녀는 문학계에서 인정받는 시보다는 대중에게 인기 있는 시를 주로 썼다. 남편이 죽은 후 영적인 세계에 빠져 관련 서적을 쓰기도 했다. 윌콕스의 시 여러 편은 1910년대 무성영화로 만들어졌다.

Solitude

- Ella Wheeler Wilcox

Laugh, and the world laughs with you;
Weep, and you weep alone;
For the sad old earth must borrow its mirth,
But has trouble enough of its own.
Sing, and the hills will answer;
Sigh, it is lost on the air;
The echoes bound to a joyful sound,
But shrink from voicing care.

Rejoice, and men will seek you;
Grieve, and they turn and go;
They want full measure of all your pleasure,
But they do not need your woe.
Be glad, and your friends are many;
Be sad, and you lose them all,—
There are none to decline your nectared wine,
But alone you must drink life's gall.

weep 울다 | mirth 환희 | shrink 줄어들다 | grieve 슬퍼하다 | decline 감소하다
nectared 넥타(꿀)를 가득 채운 | gall 울분

Feast, and your halls are crowded;
    Fast, and the world goes by.
Succeed and give, and it helps you live,
    But no man can help you die.
There is room in the halls of pleasure
    For a large and lordly train,
But one by one we must all file on
    Through the narrow aisles of pain.

fast 단식하다 | file on 한 줄로 나아가다 | aisle 통로

고독

– 엘라 휠러 윌콕스

웃어라, 그러면 세상이 너와 함께 웃으리니
　　울어라, 그러면 너 혼자만 울게 되리라
낡고 슬픈 이 세상에서 환희는 빌려 오는 것이고,
　　세상에 문제는 이미 충분하기 때문이다.
노래하라, 그러면 언덕들이 응답하리니
　　탄식하라, 그러면 그 소리는 허공에 흩어지리라
메아리들은 즐거운 소리에는 춤을 추지만
　　소리 내어 근심을 말하면 움츠러 든다.

기뻐하라, 그러면 사람들이 너를 찾으리니
　　슬퍼하라, 그러면 그들은 돌아서서 떠나리라
사람들은 너의 즐거움은 모조리 원하지만
　　너의 비애는 필요로 하지 않는다.
기뻐하라, 그러면 친구들이 늘어날 것이니
　　슬퍼하라, 그러면 그들을 모두 잃고 말리라
네가 주는 달콤한 술은 아무도 거절하지 않지만
　　인생의 울분은 홀로 들이키게 될 것이다.

"명령문, and …"는 "~하라 그러면 ….."으로 해석된다. "명령문 or …"를 쓰면 "~하라 그렇지 않으면 …"이다.

잔치를 열라, 그러면 너의 집은 사람들로 북적이리니
단식하라, 그러면 세상이 너를 외면하리라
성공하여 베풀라, 그것이 너를 살게 도울 것이다.
하지만 아무도 너의 죽음을 돕지는 못한다.
기쁨의 전당에는 여유가 있으니
길고 화려한 행렬을 들일 수 있다
하지만 고통의 좁은 통로를 지날 때
우리는 모두 한 줄로 한 명씩 지나갈 수밖에 없다.

화려할수록 짙어지는 고독이 있다

요즘에는 이 말이 시대의 어떤 계시처럼 와 닿는다. 이 시에서 말하는 관계가 오늘날 소셜 미디어 속의 관계를 대변하기 때문이다. 소셜 미디어 상에서 이 시처럼 사람들을 대한다면, 대개 기대한 반응을 이끌어낼 수 있을 것이다. 그곳에는 내가 좋을 때만 '좋아 보이는' 사람들이 많다. 내가 잘나가고 멋져 보일 때 좋아요를 눌러주는 사람들이 더 많기 때문이다. 사실 면밀히 따져보면 소셜 미디어 속에는 자신을 더 잘나고 멋져 보이게 꾸밈으로써 스스로가 더 대단해 보이는 부분이 있다. 그래서 누군가의 말마따나 인스타그램에는 기괴할 정도로 밝고, 즐겁고, 좋은 모습들만 넘친다. 인스타그램은 좋아 보여서 더욱 좋아지는 기제로 움직인다. 익명의 다수와 관계하는 사회에서 우리는 이미지로 자신을 공여하고, 타인은 이미지로 우리를 소비하기 때문에 어쩔 수 없는 일이다.

가슴 아픈 현실이기도 하고 일견 비정하게도 보이지만, 반드시 그렇게 생각할 필요는 없다. 오프라인이건 온라인이건 피차 내가 '진짜' 교류하며 안정적인 관계를 쌓을 수 있는 사람의 수는 한정되어 있다. 내 관심과 에너지는 한정된 자원이기 때문이다. 페이스북의 경우 친구를 꽉 채워 5,000명의 최대치를 달성했다고 하더라도, 이중 실질적이고 유효하게 양방향으로 소통하며, 친밀감을 형성하는 상대는 100여명 남짓이라는 연구 결과가 공연하다. 내가 관심을 가지고 그 삶을 지켜보며 서로 간 신뢰를 쌓을 수 있는 사람의 수는 한정적이라는 뜻이다. 그러니 표면적으로 친밀한 사람들과는 그저 표면적으로 즐거우면 된다. 나의 즐거움에 이끌려 오는 사람들을 표면적 친밀함으로 대하고, 내 마음속의 방에 들여놓지 않으면 스트레스를 조금은 덜 받지 않을까?

때로는 가벼운 관계가 주는 편안함도 있는 법이다. 모든 사람에게 진심일 필요가 없고, 모든 사람의 일거수일투족에 관심을 쏟을 수도 없다. 다른 이들이 나의 죽음을 도와줄 수 없다는 구절에 가슴 아파할 이유도 없다. 죽음은 절대적으로 개인적인 체험이기 때문이다. 한 사람의 죽음은 누구도 도와줄 수 없는 여정이다. 그렇게 생각하고 받아들이는 것이다.

다만 이 풍부한 '가벼운 관계'에는 주의사항이 있다. 가벼운 관계는 필요해도, 가벼운 관계'만' 있어서는 안 된다는 것이다. 가벼운 관계가 전부가 되면 세상은 거대한 양파로 변한다. 껍질을 벗기고 벗겨도 고갱이는 나오지 않고 끝이 나버리는 상태 말이다. 그러므로 가벼운 관계 속에서 웃고, 노래하고, 기뻐하고, 잔치를 열되 때로는 진지하고 고요하게 마주할 수 있는 진짜배기 관계를 찾아야 한다. 일일이 설명하지 않고 받은 만큼 돌려주지 않더라도 서로에 대한 믿음 속 흔들리지 않는, 관계의 중심이 필요하다. 그렇다고 진짜배기들로만 꽉 찬 삶도 버겁기는 매한가지지만.

삶에는 여기저기 빈틈이 있어야 한다. 인터넷 초기, 광대한 사이버 세계를 누비며 나는 이렇게 말하고 다녔었다. "I'm a little cyber fish, swimming through this vast sea of the Internet." "나는 이 광대한 인터넷 바다를 헤엄쳐 다니는 작은 사이버 물고기야."

그렇다. 유유히 헤엄쳐 다니면 된다. 유선형의 존재로 흘러가는 것은 흘러가게 두고 가끔 빛을 받아 비늘이 반짝이면 황금 비늘이 생겼다고 우기면서. 그러나 뭍으로 올라올 때가 되면 다시 사람의 다리로, 중력을 견디며 걸어야 할 땐 또 미쁘게 걸으면서.

For the sad old earth must borrow its mirth,
But has trouble enough of its own.
낡고 슬픈 이 세상에서 환희는 빌려 오는 것이고,
세상에 문제는 이미 충분하기 때문이다.

of one's own은 버지니아 울프Virginia Woolfe의 《자기만의 방A Room of One's Own》에 쓰인 표현이다. 본문에서는 세상이 주어(it)이고 세상 자체에 문제가 있다고 말한다.

자신만의 양식으로 시를 썼기 때문에, 그의 시들은 난해하다.
His poems are hard to decipher since he wrote his poem in a form of his own.

여성들은 이제 막 자신만의 목소리를 내는 법을 배우기 시작했다.
Women have just begun to learn to make a voice of their own.

of one's own 자기만의 | decipher 판독하다

Sing, and the hills will answer
노래하라, 그러면 언덕들이 응답하리니

answer는 "answer something"으로 외우는 것이 좋다. '무엇에 응답하다'를 영어로는 answer something이라고 한다. 한국어에서는 '질문 혹은 부름에 대답하다.'라고 할 때에만 '대답하다'를 쓰지만 영어는 굉장히 많은 것에, 아니 (영어로는) '많은 것을' 대답할 수 있다. 전화에 대답하는 것은 기본이고 문에도 대답한다.

문에 좀 나가봐. 우리 정원사일 거야.
Please answer the door. It must be our gardener.

너무 금욕적으로 사는 것은 좋지 않다. 자신의 욕구에 응하는 것이 낫다.
It's not good to live too stoically. It's better to answer your desire.

answer 응답하다, 답하다 | stoically 금욕적으로

Day 13

순간이 영원인 것처럼,
영원이 순간인 것처럼

윌리엄 블레이크

William Blake, 1757-1827

영국의 시인이자 판화가로 생전에는 인정받지 못했으나 20세기 이후 재조명 되었다. 낭만주의 사조가 본격적으로 시작되는 시대에 동떨어져 활동하여 "Pre-Romantic"이라 불린다. 자신이 본 환상을 시와 그림으로 옮긴 선지자(visionary)이기도 했다. 종교와 사회 제도에 회의적이어서 이를 비판하는 글과 인간의 본성을 고찰하는 글을 주로 남겼다.

Auguries of Innocence - *William Blake*

To see a World in a Grain of Sand
And a Heaven in a Wild Flower,
Hold Infinity in the palm of your hand
And Eternity in an hour.
A Robin Red breast in a Cage
Puts all Heaven in a Rage.
A Dove house fill'd with Doves & Pigeons
Shudders Hell thr' all its regions.
A dog starv'd at his Master's Gate
Predicts the ruin of the State.
A Horse misus'd upon the Road
Calls to Heaven for Human blood.
Each outcry of the hunted Hare
A fibre from the Brain does tear.

* Fragments from "Auguries of Innocence"

augury 전조 | grain of sand 모래 한 알 | robin red breast 붉은가슴울새
shudder 흔들다, 몸서리치다 | misused 학대당하는 | starve 굶주리다 | outcry 아우성

순수의 전조

– 윌리엄 블레이크

한 알의 모래에서 세계를 보려면
한 송이 들꽃에서 천국을 보려면,
손바닥 안에 무한을 쥐고
한 시간 속에서 영원을 보라.
우리에 갇힌 붉은가슴울새는
천국을 온통 분노케 하며
비둘기로 가득 찬 비둘기 집은
지옥을 구석구석 뒤흔든다.
주인집 대문 앞에서 굶주리는 개는
그 나라의 멸망을 예측하게 하며
길에서 학대를 당하는 말은
인간의 피를 천국에 호소한다.
사냥 당하는 토끼의 비명은 매번
뇌 조직이 하나씩 떨어져 나가게 한다.

* 〈순수의 전조〉 중 일부 발췌

모래는 너무 많아서 물질명사 취급을 하지만, 구태여 세려고 할 때에는 마치 곡물을 세는 것처럼 a grain of로 표현한다.

순간이 영원인 것처럼, 영원이 순간인 것처럼

〈순수의 전조〉에는 "한 알의 모래에서 세계를 보고, 한 송이 들꽃에서 천국을 본다."라는 유명한 구절이 있다. 작은 것 하나를 보고도 전체를 짐작하는 것은 '통찰'의 힘이다. 이 시의 화자는 이러한 통찰의 힘으로 일상에서 소외된, 연약한 존재들의 고통과 슬픔을 볼 줄 알아야 한다고 말한다.

날개는 있으나 새장에 갇혀 평생 날지 못하게 된 한 마리의 새, 가리개 때문에 옆을 보지 못하고 채찍을 맞으며 끝도 없이 달려야 하는 말, 인간의 편의로 번식되어 태어났지만 변변한 먹이를 얻어먹지 못하고 방치되는 개, 귀족들의 취미로 인해 사냥개에게 무참히 학살당하는 토끼. 관심을 가지지 않으면 안중에 들 리 없는 상황 속에서 화자는 작은 새의 울음, 헥헥거리며 거품을 무는 말, 깨갱거리는 개, 겁에 질린 토끼 등 작은 것들이 죽어가며 지르는 절명을 듣는다. 그리고 침묵 속에 잊혀져가는 연약한 존재들을 느낀다. 느낀다는 것, 감정을 가진다는 것은 아마도 이런 존재에 공명하기 위해 필요한 일이 아닐까.

기독교 세계관에는 존재의 대 사슬The Great Chain of Being 이라는 것이 있다. 존재의 대 사슬은 하나님부터 시작해서 천

말에게는 기본적으로 재갈(bit)을 물리고, 굴레(bridle)를 씌우고, 안장(saddle)을 얹는다. 때로는 뒤나 옆이 아닌 앞만 보고 달리라고 눈가리개(blinkers)를 한다. 또 박차(spur)라고 해서 기수가 신발 뒤축에 삐죽삐죽한 톱니 모양의 장

사, 인간, 동물, 식물, 광물 순으로 이어지는 위계질서다. 더 작게는 왕, 귀족, 평민 혹은 남자, 여자로 나뉜다. 기독교 세계관에서 인간은 만물의 영장lord이다. 절대자가 인간에게 동물, 식물, 광물을 다스릴 수 있는 권리를 주었다고 생각한다. 이 관점 자체는 문제의 소지가 있지만, 그 세계관대로라면 인간 역시 신의 다스림을 받는 존재라고 볼 수 있다. 인간이 동물, 식물, 광물을 지배하는 것처럼 우리 위에 존재하는 누군가가 인간을 지배한다면, 그것은 과연 옳은가?

4대 째 개신교 집안에서 자란 나는 더 이상 교회를 나가지 않는다. 그러나 신을 버리지는 못한 유신론자다. 왜 아직도 신을 믿느냐고 묻는 유물론자, 그중에서도 과학자의 질문을 받으면 나는 "신은 상위 차원의 존재라 생각해요."라고 답한다. 그들은 자신들이 증명해낸 6차원, 더욱이 가설까지 합치면 50차원을 웃도는 차원이 겹쳐 있으며, 우리는 그중 3차원 속에 살고 있는 존재라고 한다. 그러나 내가 "신은 아마도 당신들이 밝혀낸 차원보다 한 차원 위의 존재일 겁니다."라고 할 때면 그들은 아무 말도 하지 않는다. 수십 개의 차원이 포개진 우주에 살면서 3차원만을 인식하는 존재(인간)가 진리를 논하는 것은 코끼리라는 우주가 있다고 할 때, 코끼리의 발톱 하나를 찾아놓고는 진리를 논하는 것과 같다. 3차원 속

치를 달고 말이 달리지 않을 때 이것으로 말의 배를 찬다. 채찍질(whipping)을 하기도 한다.

에 사는 보잘것없는 '나'라는 존재는 그래서 시간을 초월한 절대자, 시작과 끝이 동일 선상인 절대자에게 기도한다. "저는 이 순간만 진실하고 다음 순간 아닐 수 있는 존재입니다. 잠깐 믿음을 좇다가 다음 순간 뒤로 물러나 늘 미끄러지는 존재입니다. 이렇게 시시때때로 변하고, 간헐적으로 당신께 진실하고 때로 마음을 다해 당신을 사랑합니다. 제가 보잘것없다는 것을 아시고, 제가 변할 수밖에 없다는 것도 아시오니, 부디 이 진실된 짧은 순간을 영원으로 받아 주시고, 순간만을 사랑하는 이 마음을 영원의 사랑으로 여겨주십시오. 당신이 그렇게 받아주시는 걸 알기에, 늘 변하지만 이곳으로 또 돌아오겠습니다."

이렇게 기도하면, 이상하게도 내 세계의 빛이 찬란하게 나를 어루만지는 것 같다. 이건 자신의 정서를 자연에 투사할 수 있다는 범세계적인 착각에 불과하며, 실은 자신의 정서에 조응하는 자연만을 체험하는(보고 싶은 것을 보는) 현상이지만, 그 순간 삶이 농밀해지고 맑아지는 기분을 느낀다. 그렇게 내 순간을 영원으로 바치고 돌아서서, 나보다 연약한 존재들을 본다. 그 존재들이 호소하는 눈빛, 소리를 포착한다. 이 유약한 존재에 공감하며 함께 아프고 슬퍼하는 '순간'의 통찰로 그들과 나 사이의 막연한 거리를 채운다.

영시로 배우는 영어

A Horse misus'd upon the Road
Calls to Heaven for Human blood.
길에서 학대받는 말은
인간의 피를 천국에 호소한다.

현대 영어에서는 "call out to someone for something"의 형태를 사용한다. 전치사 for 뒤에는 '목적', 즉 앞서 쓰인 행위(동사)의 이유가 명사로 등장한다. 많은 경우 for 뒤에 나오는 명사를 달라고 하거나, 그것을 얻기 위한 동작을 한다고 해석하면 된다.

젊은이들은 독재자에게 민주주의를 달라고 외쳤다.
Young men called out to the dictator for democracy.

굶주린 자들이 거리에서 빵을 달라고 행인에게 외쳤다.
The starving on the street called out to the passers-by for bread.

call out to someone for A A를 달라고 누군가에게 외치다
democracy 민주주의 | passer-by 행인

Hold Infinity in the palm of your hand
손바닥 안에 무한을 쥐고

hold에는 '쥐다, 붙잡다'라는 뜻이 있다. 유형의 사물을 쥔다는 뜻도 있고 무형의 생각을 가지고 있다는 의미로도 쓰인다. 붙잡으면 잡힌 대상은 움직일 수 없으므로 '보류하다'라는 뜻도 생긴다. 예를 들어 "잠깐만!"이라고 말할 때 "Hold a moment!"라고 하는 것과 같다.

아이는 손에 꽃 한 송이를 쥐고 있었다.
The child was holding a flower in her hand.

나를 당신 품 안에 꽉 잡아주세요. 날 보내지 말아요.
Hold me tight in your arms. Never let me go.

Day 14

본능과 이성의 변주

에드나 세인트 빈센트 밀레이

Edna St. Vincent Millay, 1892-1950

한때 고대 그리스 시인 사포 이후 가장 위대한 여자 시인으로 불리며 각광을 받았으나, '파티 걸', '모르핀 중독', '모험심 넘치는 양성 연애' 등의 삶 때문에 시가 가려졌다는 평가를 받는다. 그러나 그것은 20세기 여자 문학가의 삶에 쓸데없이 많은 관심을 쏟았기 때문이기도 하다. 21세기가 되어 밀레이의 시는 삶에 대한 관심에서 벗어나 문학 자체로 재조명되고 있다.

I, Being Born a Woman and Distressed

- Edan St. Vincent Millay

I, being born a woman and distressed
By all the needs and notions of my kind,
Am urged by your propinquity to find
Your person fair, and feel a certain zest
To bear your body's weight upon my breast:
So subtly is the fume of life designed,
To clarify the pulse and cloud the mind,
And leave me once again undone, possessed.
Think not for this, however, the poor treason
Of my stout blood against my staggering brain,
I shall remember you with love, or season
My scorn with pity, — let me make it plain:
I find this frenzy insufficient reason
For conversation when we meet again

distressed 괴로워하는 | notion 개념, 관념 | propinquity 가까움, 근접 | zest 열정, 열의
subtly 미묘하게, 예민하게 | fume 연기 | clarify 명확하게 하다 | pulse 맥박
treason 반역죄 | stout 튼튼한 | stagger 비틀거리다, 휘청거리다
staggering 충격적인, 믿기 어려운 | season 양념하다, 간하다 | scorn 경멸, 멸시
plain 숨김없는, 솔직한 | frenzy 광분, 광란 | insufficient 불충분한

나는 여자로 태어나 괴롭나니

- 에드나 st. 빈센트 밀레이

나는, 여자로 태어나 괴로워요
나와 같은 여자들의 그 모든 욕구와 상념 때문에
나는, 여자로 태어나, 지척에 있는 당신이
얼마나 멋진지 알아보겠다는 충동에 휩싸이죠
당신의 몸무게를 내 가슴 위에 얹자는 확고한 열기를 느끼죠
삶을 불태운다는 건 어찌나 미묘하게 설계되었는지
맥박을 또렷이 뛰게 하고 정신을 흐리게 하죠
그 불꽃은 나를 다 풀어주지도 않은 채 다시 한번 나를 사로잡죠
하지만, 내 억센 피가 휘청거리는 내 이성을 거스른다고
이걸 불쌍한 반역이라 여기지 말아주세요
나는 당신을 사랑으로 기억할 거예요, 아니면
연민으로 내 냉소를 길들이겠지요, —분명히 말할게요
이 석연치 않은 미친 이유 때문에 우리가 다시 만나
말을 섞게 되리라는 걸 난 알아요

of my kind는 '나와 같은 부류'라는 뜻이다. 시 앞줄에 '여자로 태어나(I, being born a woman)'라는 구절로 미루어 보았을 때 of my kind는 나와 같은 여자들로 해석된다. "She is of my kind."라고 하면 '나와 같은 부류의 사람이야.'라는 뜻이고, 같은 부류가 어떤 부류를 말하는 것인지는 문맥을 살펴봐야 한다.

본능과 이성이 빚는 변주

인간으로 산다는 것은 늘 본능과 이성 사이에서 변주한다는 것을 의미한다. 이 시에서 '여자로 산다는' 건 본능뿐만 아니라 이성 또한 억압에서 자유롭지 못한 삶을 살게 된다는 의미를 가진다. 외부의 억압과 괄시 안에서 삶을 스스로 변주하겠다는 주체성을 발휘하기란 참으로 어려운 일이 아닐 수 없다. 그러므로 1920년대에서 30년대까지 주로 활동했던 여자 시인의 "내 억센 피가 휘청거리는 내 이성을 거스른다고 불쌍한 반역이라 여기지 말라."는 말은 굉장히 도발적이다.

여자도 남자에게 끌린다. 혹은 그 옷을 한번 벗겨보고 싶어진다. 시는 여성의 본능적인 끌림에 대한 고백에서 나아가, 남성의 무게를 온몸으로 느끼며 그를 받아들이고 싶다고 읊으니 당시에는 실로 발칙하게 들렸을 법하다.

몸과 몸이 끌리고, 달아오르는 피로 이성이 흐려지고, 타는 불꽃을 누리겠다는 욕망은 동물로서 인간이 가지는 당연한 본능이기도 하다. 그러나 우리는 '이성'이란 게 있는 동물이 아니었던가. 사람은 이성으로 자기 삶의 결을 정리하고 다듬으려 한다. 욕망에 불타는 것을 스스로 인정하지 못해 엄청난 죄책감을 느끼기도 하고, 욕망을 온전히 통제하지 못하여 코뚜레가 꿰인 소처럼 욕망에 '소유' 당한 느낌으로 고통스러워하기도 한다. 때론 욕망에 이끌려 한 번의 불꽃을 태우고 헤어지기도 하며, 헤어지고 난 자리에서 구구절절 비참해하기도 한다. 그러다 보면 자기 연민이 생긴다. 보통 이러한 연민은 냉소로 승화시키는 것이 답이다. 냉소는 아주 쉬운 방어벽이기도 하므로.

그러나 반대로 밀레이는 연민으로써 냉소를 길들이겠다고 말한다. 자기에 대한 적절한 연민을 남겨둘 때, 방어벽을 넘어 상대에게 열린 마음을 품게 되는 가능성을 기대한 것이다. 욕망과 연민의 조화를 통해 사랑이라는 것이 상대의 모든 면이 내게 완벽하게 들어맞아야 되는 게 아님을 알게 되고, 어딘가 미진하고 나사가 빠진 듯해도 그렇게 헐겁게 서로를 맞추어 가는 관계가 외려 더 나을 수 있다는 것도 알게 되며, 그게 인간이 할 수 있는 최선의 사랑이라는 것을 깨우치게 되면 시에서처럼 몸을 섞었던 이와 다시 만나 사람 대 사람의 관계를 이어갈 수 있지 않을까 싶다. 무언가 충분하지 않고 insuffiicient, 제정신이 아닌 듯frenzy한 이유일지라도 관계는 생겨났고, 지속될 테니까. 그래서 시인은 여자로 태어나 본능을 드러내는 것이 쉽지 않고, 이성을 말과 글로 표현하는 것이 수월치 않더라도 그러므로 많은 괴로움을 거친다고 하더라도 자신은 사랑을 기억할 것이라고 말한다. 사랑을 한번 키워 보지도 않고 삶의 스펙트럼을 넓힌다는 것은 불가능에 가깝지 않을까. 여성이라는 삶을 스스로 택하지 않았으므로 이 삶이 내가 원하던 '잔'이 아닐지라도 이 잔을 끝까지, 마지막 방울까지 마셔보겠다는 결연한 선택을 응원한다.

그렇다고 사랑을 완성하기 위해 살라는 소리는 아니다. 사랑의 완성이 삶의 목적이 되면 비참해지기 쉽다. 사랑받아 행복한 삶을 꿈꾸라는 것도 아니다. 사랑을 받는다고 무조건 행복한 것도 아니다. 또 주는 만큼 돌려받는다고 행복한 것도 아니다. 세상은 그렇게 공평하게 맞아떨어지지 않는다. 또 행복을 삶의 목적으로 선택하면 좌절하기 쉽다. 그러나 '의미'를 삶의 목적으로 택하면 끝까지 가볼 수 있다. 주어진 잔을 끝까지 마셔보며 여자로, 한 사람으로 할 수 있는 경험의 의미를 일구는 것이다. 우리는 고통과 슬픔과 괴로움과 기쁨들로 충만한 삶에서 비로소 웃을 수 있다. 본능과 이성을 잘 변주할 때, 능숙하고 세련되게 삶의 노래를 끝까지 연주해 보일 수 있다.

영시로 배우는 영어

Am urged by your propinquity to find
Your person fair,
지척에 있는 당신이 얼마나 멋진지 알아보겠다는
충동에 휩싸이죠

find는 3형식(주어+동사+목적어)으로 쓰일 땐 '찾다'라는 뜻이지만, 5형식(주어+동사+목적어+목적보어)으로 쓰이면 '(목적어)가 ~하다는 것을 알게 되다'라는 의미다. 의역을 할 때는 '알고 보니까 (목적어)가 ~하더라.'로 풀이하면 된다. 예를 들어 "I found the movie very intriguing.", "그 영화 아주 흥미롭더라."처럼 쓸 수 있다.

나중에 알고 보니까 그 길냥이는 아주 사랑스러웠다.
I later found the astray cat very adorable.

그녀는 자기 남자친구가 (관계에) 불성실하다는 것을 알았다.
She found her boyfriend unfaithful.

find something/someone 형용사 무엇 혹은 누군가 ~하다는 것을 알게 되다

I shall remember you with love, or season
My scorn with pity, — let me make it plain:
나는 당신을 사랑으로 기억할 거예요 아니면
연민으로 내 냉소를 길들이겠지요
분명히 말할게요

make something plain은 make something clear라고 쓰기도 한다. something 자리에 oneself를 넣으면 자기 말을 분명하게 한다는 뜻이다. 영어에서는 '누군가의 말'을 그냥 '누구'라고 칭한다. 예를 들어 "내 말이 들려?"라고 할 때, 'my word'가 아닌, 'me'를 쓰는 식이다. something 자리에 가짜 목적어 it을 넣고 make it plain that 주어+동사를 쓰기도 한다. make clear의 경우 자주 쓰이다 보니 make clear that 주어+동사로 그냥 쓴다.

분명히 말씀드리는데, 전 당신 돈을 원하지 않아요.
Let me make it plain. I don't want your money.

make something plain ~을 분명히 하다

Day 15

우리는 욕망으로 존재한다

앨리스 워커

Alice Walker, 1944-

미국의 소설가, 시인이자 사회운동가다. 소설 《칼라 퍼플(The Color Purple)》로 내셔널 북 어워드를 수상했으며, 퓰리처상도 받았다. 이 소설은 스티븐 스필버그에 의해 영화로 만들어지기도 했다. '우머니스트(womanist)'라는 표현을 만들고 이를 유색인종 페미니스트를 가리키는 말로 쓰자고 주장했다. 팔레스타인을 지지하는 행보로 시위를 하다가 체포되기도 하고 반시온주의자라는 비난도 듣고 있으나 꿋꿋하게 자신의 신념을 이어 나가고 있다.

Desire

- Alice Walker

My desire
is always the same; wherever Life
deposits me:
I want to stick my toe
& soon my whole body
into the water.
I want to shake out a fat broom
& sweep dried leaves
bruised blossoms
dead insects
& dust.
I want to grow
something.
It seems impossible that desire
can sometimes transform into devotion;
but this has happened.
And that is how I've survived:
how the hole

deposit 두다, 놓다, 예치하다 | broom 비, 빗자루 | bruised 멍든
transform 탈바꿈하다 | devotion 헌신

I carefully tended
in the garden of my heart
grew a heart
to fill it.

tend 돌보다

욕망

– 앨리스 워커

내 욕망은
늘 똑같아: 삶이 나를
처박아 둔 곳 어디에서나
난 발가락 하나만 물에
담가보고는 곧
몸 전체를 담가보고 싶어
튼실한 빗자루를 털어
마른 나뭇잎이랑
멍든 꽃잎이랑
죽은 곤충 등속과
먼지를 쓸어내고 싶어
뭔가 키워보고 싶어
욕망이 헌신으로 탈바꿈하기란
때론 불가능해 보여
그런데 그런 일이 일어났어
그래서 그렇게 나는 지금까지
살아남았던 거야

내 마음의 정원에 난 구멍을
정성껏 가꾸었더니
그 구멍을 메우느라
마음을 키워내 채웠어

Je désire, donc je suis
나는 욕망한다 고로 존재한다

시의 화자는 자신이 원하는 욕망을 세 가지로 적고 있다. 물에 빠져보는 것, 쓸데없는 것들을 비질하는 것, 무언가를 키워보는 것. 그리고 이는 다시 세 가지 원초적 욕망에 대한 비유로 해석해 볼 수 있다.

첫 번째, 물에 발가락을 적시고 또 온몸을 담가 보고 싶다는 욕망은 금기된 일을 해보거나 타락한 일을 벌이고 싶은 마음에서 나오는 비유로 볼 수 있다. 세상에는 하지 말라는 일이 참 많다. 특히 여성에게는 더욱 많다. 여성에게 가하는 금기가 심해지면 남들 보는 앞에서 오렌지를 못 먹게 되는 일도 벌어진다. '웬 오렌지?'하고 생각할 수도 있겠다. 그러나 실제 있었던 일이다. 영국 빅토리아 시대에는 여자들이 오렌지를 베어 먹는 모습이 '관능적'이므로 죄를 짓는 것으로 여겼다. 이것이 왜 여성의 죄인가? 음식 먹는 모습을 보며 음란한 생각을 하는 자들의 죄가 아닌가. 비단 외국의 이야기만은 아니다. 한국에서도 양반집의 규수에게는 남 앞에서 상추를 싸 먹는 일을 금했다. 쌈을 먹으려면 입을 크게 벌려야 하는데 그 모습이 상스럽다는 것이다. 금기는 그렇게 욕망을 자극한다. 한껏 자극된 욕망에 높은 울타리를 치지만 저 깊은 물에 빠져보고 싶다는 마음은 그래서 더욱더 생동하게 된다.

두 번째는 마른 나뭇잎, 멍이 든 꽃잎, 죽은 곤충과 먼지를 쓸어버리고 싶다는 욕망이다. 마른 나뭇잎, 멍든 꽃잎, 죽은 곤충 및 먼지는 모두 자연의 부산물이다. 다시 말해 자연스럽게 생겨나는 삶의 폐기물을 의미한다. 후회, 상처, 미련, 의심 등 삶에는 폐기물이 쌓인다. 그러므로 누구나 마음에 텁텁하게 쌓인 것들을 홀가분하게 쓸어내고 싶다는 마음을 가지기 마련이다. 세 번째는 무언가를 키우고 싶다는 욕망이다. 이는 삶이 충만하기를 바라는 욕망, 나의 정원을 아름답게 가꾸고 싶은 욕망을 일컫는다. 키우고 싶은 것이 식물이든 동물이든 사람이든 키우는 행위 자체는 '풍성함'을 약속한다. 수의 풍성함, 의미의 풍성함, 관계의 풍성함 말이다.

보통 욕망을 떠올려보라고 하면 첫 번째의 경우를 생각한다. 그래서 우리는 무언가를 욕망한다는 것 자체를 부정적인 감정으로 삼는다. 하지만 삶은 욕망으로 시작해 욕망으로 끝이 난다. 이제 막 태어나 자아가 움트기 전의 아이는 욕망으로 앙앙 운다. 배고프고 졸리고 어딘가 불편하면 앙앙 울며 욕망을 발산한다. 이 원초적인 욕망에 부응한 사람이 달려와 그것을 채우거나 보살피면서 우리는 세상 앞에서 자신의 욕망을 바투는 법을 배워나간다. 세상에는 자신의 욕망이 숱하게 좌절된 상태로 자라는 사람이 있는가 하면, 욕망을 표현하는 족족 채워나가는 사람도 있다. 둘 다 행복하지는 않을 것 같다. 무한한 욕망을 다 채우기란 불가능하다. 있는 욕망이라도 크기를 줄여서 만족하게 될 때, 가장 큰 행복이 오지 않을까? '줄여서 채우기.' 욕망을 다루기 위해서는 이것이 가장 중요하다.

또한 식욕 하나가 경험에 대한 욕망으로, 상처를 회복하고 싶다는 욕망으로 그리고 충만한 삶을 살고 싶다는 욕망으로 발전할 수도 있다. 그렇게 욕망은 잘 키워나가면 삶으로 승화된다. 당신은 심장에 구멍이 숭숭 뚫린 것처럼 아팠던 적이 있었을까? 어떤 결핍이 당신의 심장에 구멍을 내었을까? 삶은 욕망을 모두 채워서 얻어지는 것이 아니라, 욕망을 잘 다스려서 키워낸 마음의 살로 심장의 구멍을 채우는 일임을 당신이 알게 되어, 살아 있어 욕망하고, 욕망하므로 살아 있다 말할 수 있기를 바란다.

"Je désire, donc je suis."

I want to shake out a fat broom
& sweep dried leaves
튼실한 빗자루를 털어
마른 나뭇잎을 쓸어내고 싶어

shake out은 '먼지 등을 털어버리다'라는 뜻으로 쓰이고, 추상적인 뜻으로 발전하면 '어떤 생각이나 감정 등에 충격을 주어서 깨어나게 하다'라는 뜻이 된다. 누군가를 마구 흔들어서 그 감정을 그 사람에게서 털어낸다고 상상하면 된다.

그는 공포를 떨쳐내고 공동묘지를 한밤중에 혼자 걸어서 통과했다.
He shook out of his fear and walked through the cemetery by himself at midnight.

그들을 흔들어 깨워서 그 이단에서 벗어나게 해야 한다.
You should shake them out of the cult.

shake out 흔들어 털어내다, 떨쳐내다 | cemetery 묘지 | cult 광신적 종교집단

that is how I've survived:

그렇게 나는 지금까지 살아남았던 거야.

how 주어+동사는 주어가 동사하는 방식 즉, the way 주어+동사의 뜻이다. It's how 주어+동사라고 하면 '그게 바로 (주어)가 (동사)한 방식이다' 혹은 '(주어)는 그렇게 (동사)하다'로 해석하면 된다.

그렇게 그들은 빙하기를 이겨냈다.

That was how they survived the Ice Age.

그렇게 소년은 어른이 되었다.

It was how the boy grew into a man.

우리는 20대에 그렇게 생겨 먹었었다.

(그런 모습이었다, 그런 꼬락서니였다.)

It was how we were in our 20s.

Day 16

오롯이 내 몫이다

린다 파스탄

Linda Pastan, 1932-

유대계 미국 시인으로 래드클리프(이후 하버드대로 통합된 여대)를 졸업했으며, 매릴랜드주의 계관시인이었다. 가족, 가정, 모성, 노화, 죽음 및 결별과 같은 주제들로 짧은 시를 썼다. 딜런 토마스상을 수상했으며, 대표 시집으로는 《불면증(Insomnia)》, 《Traveling Light》 및 《A Dog Runs Through It》이 있다.

The Five Stages of Grief - *Linda Pastan*

The night I lost you
someone pointed me towards
The Five Stages of Grief
Go that way, they said,
it's easy, like learning to climb
stairs after the amputation.
And so I climbed.
Denial was first.
I sat down at breakfast
carefully setting the table
for two. I passed you the toast---
you sat there. I passed
you the paper---you hid
behind it.
Anger seemed so familiar.
I burned the toast, snatched
the paper and read the headline myself.
But they mentioned your departure,

grief 슬픔 | amputation 절단 | snatch 잡아채다, 강탈하다 | departure 떠남, 출발
depression 우울 | puff up 부어오르게 하다 | slide 미끄러지다
flash (잠깐) 비치다, 번쩍이다 | signpost 이정표

and so I moved on to
Bargaining. What could I exchange
for you? The silence
after storms? My typing fingers?
Before I could decide, *Depression*
came puffing up, a poor relation
Its suitcase tied together
with string. In the suitcase
were bandages for the eyes
and bottles sleep. I slid
all the way down the stairs
feeling nothing.
And all the time Hope
flashed on and off
in detective neon.
Hope was a signpost pointing
straight in the air.
Hope was my uncle's middle name,

'move on'이라는 표현은 미국 드라마나 영화에 자주 나온다. 남녀가 사귀다가 헤어질 때 어느 쪽이던 마음을 다 정리하고 털어버린 후 인생의 새로운 페이지를 쓰기 시작하거나, 다른 사람을 만나게 되면 "I've moved on."이라고 표현

he died of it.
After a year I am still climbing, though my feet
    slip
on your stone face.
The treeline
has long since disappeared;
green is a color
I have forgotten.
But now I see what I am climbing
towards: *Acceptance*
written in capital letters,
a special headline:
Acceptance
Its name is in lights,
I struggle on,
waving and shouting.
Below, my whole life spreads its surf,
all the landscapes I've ever known

할 수 있다. 한 쪽이 찾아가 다시 만나달라고 해도, 나는 이미 move on했어, 라고 말한다. 곧 "나는 이미 옮겨갔어."라는 뜻이다.

or dreamed of. Below
a fish jumps: the pulse
In your neck.
Acceptance. I finally
reach it.
But something is wrong.
Grief is a circular staircase.
I have lost you.

capital letter 대문자 | acceptance 수용, 받아들임 | pulse 맥박 | treeline 수목한계선

슬픔의 다섯 단계

– 린다 파스탄

당신을 잃은 밤에
누군가 내게
슬픔의 다섯 단계를 가리켜 보였다
저 길로 가세요, 사람들이 그랬지
쉬운 일이지, 마치 사지가 절단된 후
계단을 오르는 것 같으니까.
그래서 그렇게 난 올라갔지.
부인Denial이 처음이었어
아침 식사 자리에 앉아 난 정성스레
둘을 위한 상을 차렸지. 당신에게 토스트를 건네---
당신은 거기 앉아있으니까. 당신에게
신문을 건네--- 당신은 신문 뒤에
파묻히지
분노Anger는 너무도 친숙했어
나는 토스트를 태웠고, 신문을
잡아채서 헤드라인을 읽었지

하지만 사람들이 당신이 가고 없다 잖아
그래서 난 타협Bargaining으로
옮겨갔지. 당신을 얻으려면 난
무엇을 내놓을 수 있을까? 폭풍 뒤의 침묵?
아니면 타자를 치는 내 손가락들이면 되겠어?
내가 결정도 내리기 전에 우울Depression이
잔뜩 부풀어 올라왔어, 형편없는 관계였지
들고 온 여행 가방은
끈으로 묶여 있었어
여행 가방 안에는
눈가리개와 수면제가 있었지
나는 계단을 미끄러져 내려가.
아무것도 못 느꼈어
그리고 그러는 동안 내내 희망이
꺼졌다 켜졌다 네온 간판 불빛처럼 반짝였어
희망은 곧장 허공을 가리키는
이정표더라고

희망은 내 삼촌의 중간 이름이었는데,

삼촌은 희망을 앓다 죽었어

일 년이 지나 난 여전히 계단을 오르고 있어,

아직도 내 발은 당신의 석조 얼굴을 밟고 미끄러져

수목한계선이 오래 전에 사라져버렸거든

초록은 내가 잊어버린 색이야

하지만 나는 이제 내가 올라가고 있다는 걸 알아

수용Acceptance을 향해

대문자로 특별 헤드라인에

대문짝만하게 쓰여 있잖아:

수용Acceptance이라고

그 이름이 빛나더라고

나는 손짓하고 소리 지르며

여전히 고군분투하고 있어

아래쪽에는 내 전 인생이 파도처럼 펼쳐져있지

내가 알던 혹은 내가 꿈꾸던 모든 풍경들이 펼쳐져 있어

발아래에서 물고기 한 마리가 튀어 올라: 당신 목에서

펄떡이던

맥박 같지

수용Acceptance이래. 난 마침내 거기 도달했어

하지만 무언가 잘못되었어.

슬픔은 도돌이 계단이야

나는 당신을 잃었어.

슬픔은 단계가 있는 도돌이 계단이다

심리학적 지식이 뛰어나서 사람의 심리를 꿰뚫고, 한 사람의 상태를 단계별로 정리하여 적확하게 진단하는 심리학자라도, 또 그런 뛰어난 이론이 우리 눈앞에 멋들어지게 제시된다고 해도 한 사람이 겪게 되는 고통이나 슬픔이 기적처럼 줄어드는 것은 아니다. 언제나 철저히, 개인 스스로 감내해야 하는 삶의 분량이라는 것이 있기 때문이다.

부인Denial, 분노Anger, 타협Bargaining, 우울Depression, 수용Acceptance에 이르는 다섯 단계의 슬픔. 이 슬픔의 다섯 단계 또한 이론상으로 명백해 보이지만, 명백한 이론은 종종 그렇듯 명백하게 우리의 심장에 비수를 꽂는다. "그이가 아직 살아있는 것 같아, 난 아직도 아침에 그이를 위한 상을 차려." 라고 사별한 여자가 중얼거릴 때, "어, 그건 부인 단계야."라고 진단해주는 것이 당최 무슨 소용이냔 말이다. 혹은 스스로 '나는 지금 부인 단계에 있다.'라고 정의해봤자, 슬픔과 고통을 덜어내는 데에 손톱만큼이라도 도움이 되느냔 말이다.

잠시 동안은 품을 빌려주고 등을 두드렸던 이들이 시간이 조금 지나면 암묵적으로 더 나아지라고 등을 떠미는 것과 더불어 슬픔과 고통을 극복하고 살아야 한다는 막연한 삶의 의지 때문에 나아지려고 애쓰는 과정은 계단을 올라가는 상승의 이미지를 그린다. 그러나, '사지가 절단된 채 오르는 계단'이라는 린다 파스탄의 말에 그만 마음이 찢어진다. 그래, 내 사지가 절단되었는데도 어떻게든 살아보겠다고 혹은 더 나아지라고들 밀어서 꾸역꾸역 계단을 올라갔었지…, 라는 생각이 들기 때문이다.

당신을 잃었음을 힘껏 부인해봤자 잠시뿐이다. 이내 당신이 없다는 것에 격한 분노를 느끼고, 당신을 위해 차린 상의 접시를 들어 던져버리고 싶어진다. 하지만 깨진 접시 조각을 쭈그리고 앉아 하나하나 수습해야 하는 것도 결국 나라는 사실에 이윽고 망연자실하게 된다. 그렇게 나를 아프게 하는 유리 조각들마저 말끔히 치워버리고 텅 빈 공간을 자박자박 지나다 보면, 가만히 다가와 안아주던 그의 부재를 실감한다. 생각하지 않으려 바쁜 일상에 나를 몰아넣고 쓰러져 잠든 밤에, 돌아누워 손을 뻗어도 아무도 닿지 않는 상황은 처참하다. 악마에게 내 영혼을 팔아서라도 당신을 데려다 달라고 할까 망설이게 되기도 한다. 악마는 왜 나에게 어떤 거래도 제시하지 않을까 원망도 하고. 부질없는 타협을 시도하고 시도하다 속절없음을 알게 되면 이내 정신은 미끄러진다. 기껏 열심히 계단을 올라와 애써 괜찮게 치장했던 외양이 모두 허투가 된다.

린다 파스탄의 경우 우울Depression을 무언가를 잔뜩 욱여 넣어 터질 듯한 여행 가방으로 묘사한다. 거기에는 눈가리개와 수면제가 들어 있다. 아마도 '나를 마셔요Drink me!'라고 쓰여 있는 수면제일 테다. 〈이상한 나라의 앨리스〉에 나오는 약병에 그렇게 쓰여 있다. 그걸 마시면 앨리스처럼 내가 줄고 줄어 코딱지만 해질 것이다. 그리고 흘리지 않으려고 애써온 눈물에 눈물보다 작은 내가 빠져 허우적거리게 될 것이다. 그게 린다가 말하는 우울이다. 우울은 과거에 흘린 눈물에 우리를 밀어 넣어 익사시킨다. 얼마 되지도 않는 눈물에 먼지 같은 미니미가 된 나를 빠뜨린다. 그렇게 꼴까닥 죽기 직전까지 허우적거리다 보면 녹색 등대처럼 희망이라는 것이 깜빡이기도 한다. 그런데, 등대로 헤엄쳐 간 삼촌은 죽었다고? 우울의 바다에 빠진 사람에게는 희망보다 시간이 약일 것이다. 앞으로 나아가지 못하고 완전히 빠져 죽지도 못하여 위로 솟구쳤다 아래로 가라앉았다를 거듭하다 보면 시간이 간다. 멈춰버린 것 같아도 문득 한 뭉텅이로 지나가는 것이다.

"그래, 난 당신을 잃었구나."라고 생각하게 될 때쯤 당신의 부재가 돌에 새긴 것처럼 분명하여 당신의 석조 얼굴을 밟고 설 수 있게 되면, 린다는 슬픔의 마지막 단계인 '수용'에 접어든 것이라고 말한다. 그렇다면 받아들여서 괜찮아지는 건가? 아니, 괜찮지 않다. 그대는 사지가 잘린 채 긴 계단을 올라왔을 뿐이다. 오르다 미끄러져 떨어지고 오르다 또 미끄러져 떨어지고. 사지를 잘린 채 계단을 올라온 슬픔은 단계가 있는 도돌이 계단이라, 다 올라서면 처음 시작점과 같은 지점에 돌아와 있을 뿐이다.

What could I exchange for you?
당신을 얻으려면 난 무엇을 내놓을 수 있을까?

exchange A for B에서 전치사 for에는 '목적'의 의미가 있다. 교환Exchange을 하는 목적이 for 뒤에 나온다는 뜻이다. B를 얻으려고 A를 줘버린다는 의미가 된다.

인어공주는 그녀의 목소리를 주고 인간의 다리를 얻었다.
The Little Mermaid exchanged her voice for human legs.

우리는 청춘을 내어주고 지혜를 얻는다.
We exchange youth for wisdom.

그들은 자유를 내어주고 평화를 얻을 수 있을 거라 착각했다.
They were mistaken that they could exchange freedom for peace.

exchange A for B A를 주고 B를 얻다, A와 B를 교환하다 | youth 젊음

Day 17

모성이라는 겁박

샤론 올즈

Sharon Olds, 1942-

샤론 올즈는 미국의 시인으로 2013년 퓰리처상을 수상했다. 현재 뉴욕대학에서 문예창작을 가르치고 있다. 청교도적인 집안에서 태어나 동부 기숙학교를 다닌 후 스탠포드를 졸업했으며 콜롬비아 대학에서 박사 학위를 받았다. 유명한 시로는 〈The Race〉, 〈Ode to Dirt〉, 〈Sheffield Mountain Ode〉 등이 있으며, 〈I May Go Back to May 1937〉은 2007년 영화 〈인투 더 와일드(Into the Wild)〉에 인용되었다.

The Fear of Oneself - *Sharon Olds*

As we get near the house, taking off our gloves,
the air forming a fine casing of
ice around each hand,
you say you believe I would hold up under
torture
for the sake of our children. You say you think
I have
courage. I lean against the door and weep,
the tears freezing on my cheeks with brittle
clicking sounds.
I think of the women standing naked
on the frozen river, the guards pouring
buckets of water over their bodies till they
glisten like trees in an ice storm.

I have never thought I could take it, not even
for the children. It is all I have wanted to do,
to stand between them and pain. But I come

fine 미세한 | hold up 버티다, 견디다 | torture 고문 | brittle 잘 부러지는
click 딸각거리다 | glisten (젖은 것이) 반짝이다

from a
long line
of women
who put themselves
first. I lean against the huge dark
cold door, my face glittering with
glare ice like a dangerous road,
and think about hot pokers, and goads,
and the skin of my children, the delicate, tight,
thin, top layer of it
covering their whole bodies, softly
glimmering.

glitter 반짝반짝 빛나다 | glare (얼음 등이) 번지르르 빛나는 | poker 부지깽이
goad 막대기 | glimmer 깜박이며 빛나다, 희미하게 빛나다

자신에 대한 공포

– 샤론 올즈

집 근처에 와서 우리는 장갑을 벗고 있어
손 주변을 얇은 공기 얼음으로 두르고 있지
당신이 말해. 나라면 아이들을 위해
고문도 버티리라 믿는다고. 당신이 그러지. 나는
용기가 있다고 생각한다고. 나는 문에 기대어 울어
눈물이 툭툭 소리를 내며 떨어지다 내 뺨에서 얼어붙어.
나는 얼어붙은 강 위에 발가벗고 서 있는 여자들을
생각해. 경비들이 그 몸들에 물을 양동이로 퍼붓지
눈보라 속에서 여자들은 나무처럼 반짝거려.

나는 그런 걸 감당할 수 있을 거라 생각한 적 없어. 심지어는
아이들을 위해서도 말이지. 내가 원했던 건 단지
그들과 고통 사이를 가로막는 것뿐이었어. 하지만 나는
자기 자신을
우선시하는
길고 긴 여자들의 계보를 잇고 있어. 나는
커다랗고 시커멓고 차가운 문에 기대어 서 있어

gli-로 시작하는 단어 glitter, glint, gleam, glow, glimmer, glisten, glare에는 '빛'과 관련된 뜻이 있다. 어원을 살펴보면 옛 영어에서 빛을 묘사하는 시각 의성어에 gl-이 쓰였을 거라고 한다. 위 단어들은 뉘앙스가 조금씩 다르다. glitter는 '반짝반짝 빛나다', glint는 '(작게) 반짝이다, (빛이) 번뜩이다', gleam

내 얼굴엔 눈물이 위험한 길을 내서 반짝이는 얼음이 빛나지
그리고 뜨겁게 달군 꼬챙이와 막대기를 생각해
그리고 내 아이들의 살갗, 그 섬세하고 촘촘하고 얇은 살갗
의 표면을 떠올려
아이들 몸 전체를 은은하게 빛내며 감싸고 있는 그 살갗을.

은 '희미하게 빛나다'라는 뜻, glow는 '은은히 계속 빛나다, 타다'라는 뜻으로 야광물질이 빛나는 것을 glow라고 하며, glimmer는 '희미하게 깜빡이며 빛나다'라는 뜻, glisten은 '무언가 젖은 것이 반짝이다'라는 뜻, glare는 '노려보다, 쏘아보다'라는 뜻 외에 '불편할 정도로 환하게 빛나다'라는 뜻이다.

'위대한 모성'의 역설

모성의 일부는 호르몬의 작용이다. 처녀인 쥐에게 주사하여 다른 암컷의 새끼를 돌보게 하는 그런 호르몬이 있다. 하지만 모성 중에서도 상당히 많은 부분을 사회·문화적인 가치가 차지한다. 위대한 모성이라는 명제는 한 사람으로, 개인으로 살고자 하는 여성들을 겁박한다. 엄마니까 아이들을 위해 기꺼이 희생해야 한다는 말이 여성들의 목을 조른다. 많은 여성에게 씌어진 미명 아래에서 누군가는 끊임없이 스스로에게 질문할 것이다. '나는, 내 자아를 모두 죽일 만큼, 그만큼 아이를 사랑하는가.'

극한의 상황을 상상해본다. 시에서처럼 추위 속에 발가벗겨 세우고 얼음물을 끼얹으며 아이 대신 죽을 수 있는지 묻는 이런 극한의 상황이 실제 벌어질 리 만무하지만, 시 속의 추위보다 더 잔인한 것은 "엄마인 당신은 당연히 아이들을 위해 죽을 수 있겠지."라는 무심한 말 한마디이다. 그 말은 여성들을 북극으로 내몬다. 그 말 한마디에 내가 얼마나 괜찮은 사람인지 증명하기 위해 '난 북극까지 내몰려서 아이 대신 죽는 모성을 발휘해야 되는 건가?' 묻고 싶어진다.

같은 맥락에서 만약 상대가 "나를 사랑하니까 날 위해

죽을 수도 있지?"라고 말하면, "당신 목에 매달린 알바트로스 새가 될 거야."라고 답해보자. 영어에는 'An albatross around one's neck'이라는 표현이 있다. 사무엘 코울리지Samuel Coleridge라는 영국 낭만주의 시인의 〈늙은 수부의 노래The Rime of the Ancient Mariner〉라는 시에 나온 표현이다. 항해 중 선원 한 명이 날 수 있는 가장 큰 새인 알바트로스를 쏘아 죽인 후, 바람 한 점 없는 적도에서 배에 탄 선원이 하나둘씩 쓰러져 죽을 때까지 알바트로스가 쫓아오는 내용이다. 그래서 도저히 없앨 수 없는 고통의 근원을 '내 목을 두르고 있는 알바트로스'라고 우회적으로 칭한다. 나를 사랑하므로 당연히 나 대신 죽을 것이라는 생각을 가진 사람의 목에 이 알바트로스를 둘러주면 좋겠다는 생각을 한다. 그것이 여성에게 강요되는 모성의 무게에 견줄 수 있다면.

그렇다고 아이를 사랑하지 않는 거냐고? 아니다. 사랑한다. 엄마도 한때 다른 엄마의 아이였는 걸. 그러나 그 엄마들은 딸에게 "아이야. 넌 나처럼 살지 마. 넌 너를 위해 살아." 라는 말을 전한다. 이 지점에만 서면 나는 뜨거운 눈물이 흐른다. 시에서처럼 눈물이 터져 나와 뺨에 반짝이는 길을 내며 얼어붙는다. 뜨거운 눈물이 흐르자마자 얼어버리는 장면에는 엄마인 여성들의 분열이 담겨 있다. 남자건 여자건 나를 잃고 싶지 않은 마음은 똑같은 법이다. 그리고 세대를 거듭해 자식에게 빌어주고 싶은 엄마의 소망도 마찬가지다. 아이를 사랑하느냐고? 사랑한다. 그리고 많은 경우 아이를 사랑하는 사람은 살아온 일상의 리듬을 다시 찾지 못하게 된다. 삶의 포커스가 아이에게로 어쩔 수 없이 맞춰지는 것이다. 그런데도, 이렇게 일상조차 내려놓는 여성들에게 세상은 무심하게 묻는다. "당신은 엄마니까 아이를 위해 당연히 죽을 수 있지?"라고. 모르겠다. 매일 1밀리미터씩 자신의 살을 깎아 버리는 것이 위대한 모성인지 말이다. 그리고 죽어버린 1밀리미터의 자아는 여간해선 채워지지 않는다. 또한 한 번으로는 티도 안 나는 그 1밀리미터가 세월이 지나면 '나'의 전체가 되기도 한다.

그 잘난 모성을 위해 여자의 자아는 서서히 죽어간다. 어째서 여성들은 늘 북극으로 추방당하며 자기 자아를 두고 스스로 고민해야 하는 것인가. 북극 추방령이 내려지든 안 내려지든 어미라면 여성은 당장 잠든 아이를 감싸러 달려가고, 그 여린 살갗과 그 아래 숨쉬는 생명의 빛을 지키며 토닥일 텐데 말이다.

But I come from a
long line
of women
who put themselves first.
하지만 나는
자기 자신을
우선시하는
길고 긴 여자들의 계보를 잇고 있어

put은 어딘가에 무엇을 '두다', '놓다'라는 뜻이다. 무언가의 순서를 혹은 우선순위를 말하고 싶을 때 뒤에 first, second, last 등을 쓰면 된다.

성공을 당신 인생에 최우선순위로 두지 말라. 성공은 따라오는 것이다.
Don't put success first in your life. It should follow you.

put something first(last) 무언가를 첫 번째(마지막)로 삼다

많은 엄마들이 자기 자신을 우선시하지 못한다.

A lot of mothers cannot put themselves first.

Day 18

환상을 소비하는 사람들

앤 섹스턴

Anne Sexton, 1928-1974

고백 시로 유명한 미국의 시인으로 1967년 퓰리처상을 수상했다. 조울증을 오래 앓으며, 자신의 사생활을 보여주는 고백 시를 써서 유명해졌다. 죽은 어머니의 모피 코트를 걸치고 보드카 한 잔을 마신 후 차고를 걸어 잠그고 차 안에서 일산화탄소에 중독되는 방법으로 자살했다. 딸인 린다 섹스턴도 작가가 되었고, 이후 어머니가 어린 자녀들을 성적으로 학대했다고 폭로했다. 사후 그녀에 관하여 '창의성과 자기 파괴의 경계를 분명히 해야 한다'고 평론가인 르베토프(Levertov)가 말하기도 했다.

Cinderella

- Anne Sexton

You always read about it:
the plumber with twelve children
who wins the Irish Sweepstakes.
From toilets to riches.
That story.

Or the nursemaid,
some luscious sweet from Denmark
who captures the oldest son's heart.
From diapers to Dior.
That story.

Or a milkman who serves the wealthy,
eggs, cream, butter, yogurt, milk,
the white truck like an ambulance
who goes into real estate
and makes a pile.
From homogenized to martinis at lunch.

nursemaid 보모 | luscious 감미로운, 달콤한 | capture 사로잡다 | diaper 기저귀
the Irish Sweepstakes 아일랜드의 로또 | real estate 부동산 | homogenized 균질화한
make a pile 큰돈을 벌다

Or the charwoman
who is on the bus when it cracks up
and collects enough from the insurance.
From mops to Bonwit Teller.
That story.

Once
the wife of a rich man was on her deathbed
and she said to her daughter Cinderella:
Be devout. Be good. Then I will smile
down from heaven in the seam of a cloud.
The man took another wife who had
two daughters, pretty enough
but with hearts like blackjacks.
Cinderella was their maid.
She slept on the sooty hearth each night
and walked around looking like Al Jolson.
Her father brought presents home from town,

charwoman 청소부, 파출부 | crack up 무너지다, 쓰러지다
Bonwit Teller 본위트 텔러(미국의 명품 백화점) | devout 독실한 | seam 솔기, 경계
blackjack 검은 가죽으로 싼 곤봉

jewels and gowns for the other women
but the twig of a tree for Cinderella.
She planted that twig on her mother's grave
and it grew to a tree where a white dove sat.
Whenever she wished for anything the dove
would drop it like an egg upon the ground.
The bird is important, my dears, so heed him.

Next came the ball, as you all know.
It was a marriage market.
The prince was looking for a wife.
All but Cinderella were preparing
and gussying up for the big event.
Cinderella begged to go too.
Her stepmother threw a dish of lentils
into the cinders and said: Pick them
up in an hour and you shall go.
The white dove brought all his friends;

twig 작은 나뭇가지 | heed 주의를 기울이다 | gussy up 차려입다 | lentil 렌틸 콩
cinder 재

all the warm wings of the fatherland came,
and picked up the lentils in a jiffy.
No, Cinderella, said the stepmother,
you have no clothes and cannot dance.
That's the way with stepmothers.

Cinderella went to the tree at the grave
and cried forth like a gospel singer:
Mama! Mama! My turtledove,
send me to the prince's ball!
The bird dropped down a golden dress
and delicate little gold slippers.
Rather a large package for a simple bird.
So she went. Which is no surprise.
Her stepmother and sisters didn't
recognize her without her cinder face
and the prince took her hand on the spot
and danced with no other the whole day.

fatherland 조국 | in a jiffy 즉시, 당장 | gospel singer 복음 성가

As nightfall came she thought she'd better
get home. The prince walked her home
and she disappeared into the pigeon house
and although the prince took an axe and broke
it open she was gone. Back to her cinders.
These events repeated themselves for three days.
However on the third day the prince
covered the palace steps with cobbler's wax
and Cinderella's gold shoe stuck upon it.
Now he would find whom the shoe fit
and find his strange dancing girl for keeps.
He went to their house and the two sisters
were delighted because they had lovely feet.
The eldest went into a room to try the slipper on
but her big toe got in the way so she simply
sliced it off and put on the slipper.
The prince rode away with her until the white
dove

cobbler's wax 실왁스

told him to look at the blood pouring forth.
That is the way with amputations.
The don't just heal up like a wish.
The other sister cut off her heel
but the blood told as blood will.
The prince was getting tired.
He began to feel like a shoe salesman.
But he gave it one last try.
This time Cinderella fit into the shoe
like a love letter into its envelope.

At the wedding ceremony
the two sisters came to curry favor
and the white dove pecked their eyes out.
Two hollow spots were left
like soup spoons.

Cinderella and the prince

lived, they say, happily ever after,
like two dolls in a museum case
never bothered by diapers or dust,
never arguing over the timing of an egg,
never telling the same story twice,
never getting a middle-aged spread,
their darling smiles pasted on for eternity.
Regular Bobbsey Twins.
That story.

신데렐라

– 앤 섹스턴

이런 이야기 늘 읽었잖아요-
로또에 당첨된, 애가 열둘인
배관공 얘기요
화장실에서 일하다 부자가 되는
그런 이야기요

아니면 보모 이야기요
덴마크 출신의 달콤 상냥한 아가씨가
장남의 마음을 사로잡아서
기저귀나 갈다가 디오르(Dior)를 걸치게 되는
그런 이야기요

아니면 우유 배달부 이야기요
부잣집에 계란과 크림과 버터와 요거트와 우유를 배달하는
앰뷸런스같은 흰 트럭을 몰고 다니죠
그러다 부동산에 투자해서 큰돈을 벌어요
균질 우유를 나르다 점심에 마티니를 마시게 되었죠

아니면 청소 아줌마 이야기요
버스를 타고 가다 사고가 나서
보험금을 잔뜩 받지요
대걸레질을 하다가 명품 백화점에 쇼핑 다니는
그런 이야기요

한때
한 부자의 아내가 임종을 맞고 있었어요
딸인 신데렐라에게 말했어요
강한 믿음을 가지고 착하게 살거라. 그러면 내가
천국에서 구름 사이로 보고 웃을게
남자는 딸이 둘 딸린 여자를 후처로 맞았죠
예쁘장했지만 심장은 곤봉 무기 같았어요
신데렐라는 이들의 하녀가 되었죠
매일 밤 재투성이 난로 가에서 잤고
코미디언 앨 졸슨처럼 즐거운 모습으로 돌아다녔어요

아버지는 도시에서 선물을 사왔지요
보석과 드레스를 다른 여자들에게는 사주면서
신데렐라에게는 작은 나뭇가지 하나를 주었어요
신데렐라는 그 작은 가지를 엄마의 무덤에 심었고,
가지는 자라 나무가 되고 하얀 비둘기가 거기에 앉아있었죠
무엇이든 신데렐라가 구할 때마다 그 비둘기가
땅에 알을 내려주듯 떨어뜨려 주었어요
이 새는 중요해요, 여러분, 잘 지켜보세요

모두 알다시피 그 다음엔 무도회가 열리죠
결혼 시장이 열린 거예요
왕자는 아내를 찾고 있었어요
신데렐라만 빼고 모두
이 큰 행사에 대비해 차려 입었죠
신데렐라도 가고 싶다고 졸랐어요
하지만 계모는 렌틸콩 한 접시를 재 속에 던지고는
말했어요. 한 시간 안에 그걸 다 주우면 너도 가도 된단다

하얀 새가 친구들을 몽땅 불러왔어요-
새의 나라에서 따뜻한 날개는 죄다 와서
렌틸콩들을 순식간에 다 주웠어요
안 된다, 신데렐라, 계모가 말했어요
넌 입을 옷도 없고 춤도 못 추잖니
원래 계모들은 그 모양이니까요

신데렐라는 무덤에 난 나무에게 가서는
복음성가 가수처럼 울었어요
엄마! 엄마! 나의 멧비둘기님!
나를 왕자님의 무도회에 보내주세요!
새가 황금빛 드레스를 떨구어 주었고
섬세하고 작은 황금 구두를 떨구어 주었어요
작은 새가 떨구어 주기엔 좀 큰 꾸러미네요
그렇게 신데렐라는 무도회에 갔어요. 놀랄 일은 아니지요
계모와 이복 언니들은 재투성이가 아닌 신데렐라를
못 알아봤어요

그리고 그 자리에서 왕자는 신데렐라의 손을 잡고는
하루 종일 신데렐라하고만 춤을 추었지요

밤이 되고 신데렐라는 집으로 돌아가는 게 낫겠다고
생각했어요. 왕자가 집까지 데려다주었고
신데렐라는 비둘기 집 속으로 사라져버렸어요
왕자가 도끼를 가져다 비둘기 집을 부수었지만
여자는 사라지고 없었지요.
난롯가 재 옆으로 돌아갔으니까요
이런 일이 삼일 연속 반복되었어요
하지만 삼일 째 되는 날 왕자는 궁전 계단을
실 왁스로 칠했어요.
그래서 신데렐라의 구두가 그 사이에 끼었고요
이제 왕자는 누구 발에 구두가 맞는지 알아내면
같이 춤춘 신비한 소녀를 자기 걸로 만들 수 있을 테지요
왕자는 신데렐라 집으로 갔어요. 이복 언니들은
자기 발이 예쁘다며 아주 기뻐했어요
첫째가 방으로 가서 구두를 신어보았지만

엄지발가락이 너무 컸어요. 그래서 간단하게
그 발가락을 잘라버리고 구두를 신었어요
왕자는 첫째를 태우고 갔지요. 하얀 비둘기가
피가 줄줄 흐르는 걸 보라고 말해줄 때까지 몰랐어요
신체 절단은 이게 문제예요
마법처럼 낫질 않거든요
둘째 이복언니는 발꿈치를 잘랐는데
역시나 피는 피라서 티가 났겠지요
왕자는 지쳐가고 있었어요
자신이 뭔 구두 영업 사원이라도 된 느낌이었거든요
하지만 마지막으로 한 번 더 해보기로 했어요
이번에는 신데렐라의 발에 꼭 맞았어요
마치 봉투 속에 쏙 들어가는 러브레터처럼 말이지요

결혼식 날
두 이복 언니가 카레를 맛보러 오자
하얀 비둘기가 둘의 눈을 쪼아서 뽑아버렸어요

두 개의 텅 빈 구멍만 수프 스푼처럼
남았지요

신데렐라와 왕자는
그네들 말에 따르면 오래오래 행복하게 살았대요
박물관 전시장 속 인형 한 쌍처럼 말이지요
기저귀나 먼지 따위 때문에 귀찮은 일 없이요
달걀을 몇 분 익힐지를 두고 말다툼도 절대 안 하고요
같은 이야기도 절대 두 번 안 하고요
중년의 위기도 절대 겪지 않고요
사랑스러운 미소를 영원히 얼굴에 붙이고
밥시 쌍둥이 남매 정품처럼 말이지요
뭐, 그런 이야기예요

Bobbsey Twins, 밥시 쌍둥이 남매는 1904년부터 1979년까지 총 72권으로 출간된 어린이 동화 시리즈의 주인공이다.

로맨스라는 거대한 환상

한국에서 로또에 당첨될 확률은 8,145,060분의 1이다. 다행히도(?) 천만 분의 1까지는 안 된다. 아일랜드의 로또는 국내에서만 팔리는 것이 아니라 해외에서도 판매하는 세계 3위 규모의 복권이라서 당첨 확률이 훨씬 낮다. 일확천금은 신문에 실릴 정도로 비일상적인 이야기다. 아무나 될 수 있는 게 아닌, 아주 특별한 이야기다.

시의 마지막 구절에 나오는 것처럼 일상이란 계란을 반숙으로 먹을지 완숙으로 먹을지를 두고 몇 분이나 삶아야 하는지를 토론하는 삶이고, 신데렐라 시절보다 두 배 이상은 길어진 삶을 살며 같은 이야기를 하고 또 하는 것이며, 한 사람과 60년 이상을 살아야 한다는 것을 자각하는 것만으로도 위기감을 느낄 수 있는 것이다.

완벽한 파트너를 만날 확률도 이처럼 아득하다. 이전에 나는 완벽한 파트너에 어울리는, 유유상종의 완벽함을 갖출 자신이 있냐며 로맨스의 불가능함을 역설하는 설명에 깊이 수긍했다. 우리들 중 다수는 신데렐라의 언니들처럼 발가락이 너무 크거나 뒤꿈치가 너무 큰 쪽에 속할 것이기 때문이다. 하지만 이제는 모든 걸 다 떠나서 기적 같은 확률로 완벽한 파트너를 만난다고 할지라도, "자, 잠깐만요. 60년을 같이 살라고요?"라는 반문에 자꾸 걸려 넘어진다. 파트너가 아무리 완벽해도 20년 넘게 같이 살고 싶지는 않을 것 같다는 생각을 나 혼자만 하는 건가? 완벽한 밥시 쌍둥이들도 이십 몇 년을 같이 살다가 어른이 되어 흩어졌다.

나아가, 여성으로 이 사회의 주체가 된다는 것은 여러 가지 의미를 가진다. 경제적인 독립 능력부터 시작하여 자신만의 목소리를 낼 수 있을 정도로 능통한 말과 글의 능력까지 갖추어야 한다. 그러나 나라는 여성의 경우에 한하여 최후의 걸림돌이 되었던 것은 로맨스에 대한 환상이었다. 인간 결혼의 역사를 살펴보면 로맨스라는 것이 얼마나 허무맹랑한지 알 수 있다. 본디 사랑해서 결혼한다는 개념은 인류 역사에 끽해야 백 몇 십 년밖에 안 된 아주 생소한 개념이다. 인류 집단에 결혼제도가 정착한 것이 대략 6천 년 전, 지금과 같은 직계 혈통 중심의 가부장제도가 생겨난 것이 17세기의 일이다. 로맨스란 계급과 부의 존속을 위해 집안끼리 결합한 귀족 부부가 2세의 상속자 생산 의무를 다하고 난 뒤, 자유롭게 만나고 싶은 사람을 만나는 개인사에 불과했다. 이 시에 나온 신데렐라류의 신분 상승 결혼조차도 18세기에 들어서야 '어떻게 그런 일이!'라는 경악과 함께 막장 드라마의 대본처럼 소설로써 등장했을 뿐이다. 신분을 초월한 결혼은 그 가능성을 제시하는 서사가 등장한 후에 비로소 가능해지긴 했으나, 자세히 보면 신분 상승 결혼을 쟁취해내는 쪽은 외모와 성격이 아니라 제갈량 빰치는 전략적 '머리'였다. 아니면 시에 등장하는 하얀 비둘기 같이 하늘의 도우심이 있어야 하는데, 하얀 비둘기가 날아와 내 시험 문제의 정답을 점지해줄 거라 믿는 사람은 정신과로 후송되기 딱 좋을 것이다(상식적으로 그런 일은 벌어지지 않는다는 것을 아니까).

왕자는 오지 않는다. 왕자가 없어서 안 오는 것은 아닐 것이다. 1967년 도날드 바셀미Donald Barthelme가 쓴 소설《백설공주》에서 왕자는 자신이 왕자인 줄도 모른다. 바로 옆집에 살면서 '누군가 백설공주를 도와주면 좋겠는데…'하고 있다. 아마도 이것이 우리가 사는 현실에 더 가까울 것이다.

사실《백설공주》에서 노력을 통해 신분상승의 기회를 쟁취한 여성은 바로 백설공주의 계모다. 그녀가 얼마나 많은 노력을 하는지 좀 보시라. 계모는 끊임없이 외모를 가꿀 뿐 아니라 적극적이다 못해 공격적으로 (물론, 방법이 틀렸으나) 경쟁자를 제거하는 노력을 하며 살아가지 않는가. 백설공주의 계모는 머리를 써서 신분을 초월한 결혼의 포문을 연 현실적인 인물이지만, 이러한 방식이 과연 살아갈 만한 삶의 방식

인지는 자문해볼 일이다. 그리하여 현실에서는 그런 삶의 방식을 택할 수 없는 많은 (착한) 여성들이 고양이를 키우며 (잘) 살고 있다.

로또는 가끔 사면 참 괜찮은 길티 플레져guilty pleasure가 된다. 복권 당첨을 기대하는 것이 아니라 그것을 사는 순간부터 당첨자 발표를 듣는 날까지 상상 속의 당첨금으로 '이거 하고, 저거 하고, 요거 해야지!'라는 미래를 그려볼 수 있기 때문이다.

환상을 포기할 필요는 없다. 인간은 환상과 허구의 서사를 현실과 교묘히 엮어서 진화해온 종이기 때문이다. 다만, 환상은 환상일 뿐임을 명확히 알고 환상을 '소비'할 줄 알며, 환상에 팔려가지만 않으면 된다.

Or the charwoman
who is on the bus when it cracks up
and collects enough from the insurance.
아니면 청소 아줌마 이야기요
버스를 타고 가다 사고가 나서
보험금을 잔뜩 받지요

crack은 원래 '갈라져 금이 가거나 깨지다'라는 뜻이다. 그래서 crack up은 '무너져서 허물어지다'라는 뜻으로도 쓰이고, 표정이 없어 말끔해보이던 외관이 웃음보가 터져 무너진다는 의미에서 '마구 웃기 시작하다'라는 뜻으로도 쓰인다.

잭은 몇 주 동안 과로하다가 어제 회의 중에 쓰러졌다.
Jack overworked for weeks and cracked up during a meeting yesterday.

그의 우스운 실수에 모두가 폭소를 터뜨렸다.
At this funny mistake, everyone cracked up.

crack up 무너지다, 마구 웃기 시작하다

Day 19

개체 발생은 계통 발생을 반복한다

에이드리언 리치

Adrienne Rich, 1929-2012

미국의 시인이자 수필가인 페미니스트로, 20세기 후반 가장 널리 읽히고 큰 영향을 준 시인 중 한 명으로 꼽힌다. 그녀는 여성과 레즈비언에 대한 압제를 시적 담론의 최전선으로 가져온 시인이라는 평을 받고 있다. 래드클리프 재학 시절, 오든(W.H. Auden)의 격찬과 함께 상을 받고 첫 시집을 출간했다. 같은 하버드대학의 교수와 결혼해 세 아들을 두었으나, 뉴욕으로 이주 후 이혼했고, 남편은 자살했다. 이후 한 여성과 죽을 때까지 삶을 같이 하며 시를 쓰고 활동했다.

From a Survivor

-- Adrienne Rich

The pact that we made was the ordinary pact
of men & women in those days

I don't know who we thought we were
that our personalities
could resist the failures of the race

Lucky or unlucky, we didn't know
the race had failures of that order
and that we were going to share them

Like everybody else, we thought of ourselves
as special

Your body is as vivid to me
as it ever was: even more

since my feeling for it is clearer:

pact 약속, 조약 | resist 저항하다 | order 목(目) | vivid 생생한

I know what it could and could not do

it is no longer
the body of a god
or anything with power over my life

Next year it would have been 20 years
and you are wastefully dead
who might have made the leap
we talked, too late, of making

which I live now
not as a leap
but a succession of brief, amazing movements

each one making possible the next

wastefully 헛되이 | leap 도약, 뛰어넘기 | succession 연속

생존자로부터

– 에이드리언 리치

우리가 맺은 약속은 당시 남녀들이
흔하게 맺던 약속이었죠

우리 개성으로 인간 종의 실패에
저항할 수 있었을 거라 생각하다니
대체 우리는 우리가 어떤 인간들이라 생각했던 건지 모르겠어요

행인지 불행인지, 우리는 인간 종이
영장목(目)에 속하는지라 실패했다는 걸
그리고 우리도 그 실패를 공유하게 될 거라는 걸, 몰랐어요

어느 이와 마찬가지로 우리는 자신들이 특별하다 여겼죠

당신의 몸은 늘 그랬던 것처럼
내게 생생해요. 아니, 훨씬 더 생생해졌어요

the race에서 '그 종'이 어느 종인지 앞에 지칭하는 단어가 없는 경우, 시 속의 화자가 속해 있는 종이라고 해석하면 된다. 이는 the month가 어떤 달을 가리키는지 모를 경우, 말하는 이가 있는 달로 해석하는 것과 마찬가지다.

당신 몸을 보고 느끼는 내 감정이 더 분명해졌기 때문이고
이제 이 감정으로 무엇을 할 수 있고 무엇을 할 수 없는지
알기 때문이지요

이제 더 이상 당신 몸은
내 삶을 좌지우지하는
신의 몸 같지 않아요

내년이면 20주년이었을 텐데,
당신은 헛되이 죽어 버렸지요
살아 있다면
우리가 너무 늦게 얘기하긴 했지만
그 시간을 뛰어넘었을지도 모르겠어요

그 시간들을 그래서 난 이제
뛰어넘지 못하고
짧고 놀라운 움직임들을 잇고 또 이어서 살아요

움직임 하나하나가 다음 움직임을 가능하게 만들지요

that order에서 order는 생물 분류 체계에서 말하는 목(目)이고 인간은 영장목에 속하여, 영장목으로 번역했다.

'우리'라는 운명 앞에 '나'라는 개인

생물학을 배울 때 가장 충격적이었던 것이 바로 개체 발생은 계통 발생을 반복한다는 것이었다. 문자 그대로의 의미를 찾아보자면, 한 개체가 발생할 때 그 종이 진화해온 흔적을 모두 거치면서 발생한다는 뜻으로, 태아가 발생하는 모습에 인간 종이 진화해온 단계가 드러난다는 의미였다. 이 명제를 배운 후 몇십 년이 지나고 돌이켜보니, 이것이 단지 생물의 발생만을 말하는 것이 아닐 수 있음을 뼈저리게 알 것 같다. '나'라는 개인은 '우리'라는 집단이 겪는 보편적 운명에서 벗어날 수 있을 거라 착각하지만, 그러지 못하거나 그러기 매우 힘들다는 사실을 깨닫는다. 우리의 사랑은 이전 세대처럼 실패하고, 내 삶은 나의 어머니의 삶과 크게 다르지 않다는 것을 알게 되는 순간이 온다.

"어쩌다 보니 주변에서 결혼할 나이가 되었다고 떠밀고, 그때 저 사람이 옆에 있어서 결혼했어."라는 말을 비겁한 변명이라고 비웃던 시절이 있었다. 나는 그렇게는 결혼하지 않으리라 결심했고, 반드시 사랑을 전제한 결혼을 할 거라 생각했었다. 지금 돌아보면 왜 꼭 결혼해야 한다고 생각한 건지 모르겠다. 당시에 나는 연애결혼의 이혼율이 중매결혼의 이혼율

보다 높다는 사실을 몰랐다. 시작부터 사회 제도와 관습에 타협하고 들어간 사람은 제도와 관습 안에서 살아남지만, 그렇지 못한 이들은 제도와 관습이 걸림돌이 되어 쉽게 무너질 수 있다는 것을 몰랐다. 그렇게 두 사람의 감정으로 시작한 관계는 제도 안에서 '역할'만 남겨 놓고 실종되기 일쑤다.

하지만 제도 안에서건 밖에서건 둘 사이에는 확실히 같은 종의 생물체로서 서로가 끌린다(혹은 끌렸다)는 점이 존재한다. 관계가 제도 속에서 살아남기 위해 시간과 더불어 변하고 난 이후에는 이 관계를 시작하게 한 생물학적 끌림에 대해 생각하게 된다. 그래서 시는 상대의 몸이 신처럼 내게 군림했던 순간을 이야기하고 있다. 끌림에 굴복할 수밖에 없었던 자신의 혼돈에 대해서도. 수십 년이 지나면 일개체로서 개인은 자신이 무엇을 원하는지 더 잘 알게 되고, 그럴수록 자신이 할 수 있는 것과 없는 것을 명확히 인지하게 된다. 한 개인이 결코 특별하지 않고, 자신이 속한 종의 반복 역사임을 알게 된 순간 더 이상 혼돈에 휩싸이고 감정에 이끌려 가는 시대는 종말을 맞는다고 시인은 말한다. 사랑을 시작했던 순수하고 특별한 초기 발생 관계에서 보편적인 계통 관계로 성숙하게 도약leap할 수 있다면 우리의 사랑은 살아있었을지도 모른다고 시인은 말한다.

이처럼 집단의 제도와 관습의 족쇄를 넘어서지도, 인간 종의 생물학적 특성을 벗어나지도 못하여 고군분투하는 지난한 과정은 인간 모두에게 주어진다. 그럼에도 나는 사랑이 없다면 고군분투의 과정이 없고, 이 과정이 없으면 성숙한 도약도 불가능하다고 믿고 싶다. 하나의 개체로, 한 명의 개인으로 살아간다는 것은 꿈틀꿈틀 쉬지 않고 움직이고, 이 움직임에서 저 움직임으로 짧게 이행하며 생존하는 것임을 시인이 증명하고 있기 때문이다. 또한 이러한 생존의 움직임이 집단의 역사를 반복하는 개체로서 보잘것없이 보일지는 몰라도, 위대함은 종종 대수롭지 않은 것들 속에서 일궈내는 법이기도 하다.

each one making possible the next
움직임 하나하나가 다음 움직임을 가능하게 만들지요

5형식 문장이다. 본문에서는 문장 순서가 바뀌어 있다. 형식에 맞게 쓰면 each one makes the next possible, 즉 each movement makes the next movement possible이 된다. 한 동작 한 동작을 반복해서 다음 동작으로 넘어간다는 뜻이다.

그 촛불 시위가 정권 교체를 가능하게 만들었다.
The candle rally made the regime change possible.

사랑이 기적을 가능하게 만든다.
Love made miracles possible.

그의 조언이 이 모험을 가능하게 만들었다.
His advice made this adventure possible.

make something possible ~을 가능하게 만들다 | rally 집회

그의 헌신이 그 사막을 숲으로 바꾸는 것을 가능하게 만들었다.

His devotion made it possible to change the desert into a forest.

Day 20

연결은 축복인가 저주인가

존 던

John Donne, 1572-1631

존 던은 17세기 영국 시인이다. 그는 목가적이고 이상적인 분위기의 사랑시와 종교시를 주로 썼던 형이상학파 시인들(metaphysical poets) 중 한 명이다. 존 던의 경우에도 젊어서는 사랑에 대한 재기발랄한 시를 많이 썼지만, 노년에 세인트 폴 대성당의 주임 사제가 되어서는 종교와 관련한 많은 저작을 남겼다. 〈시성(The Canonization)〉, 〈벼룩(The Flea)〉, 〈좋은 아침(The Good-Morrow)〉, 〈고별사(A Valediction: Forbidding Mourning)〉 등의 시가 유명하다.

No Man Is an Island *– John Donne*

No man is an island entire of itself; every man is a piece of the continent, a part of the main; If a clod be washed away by the sea, Europe is the less, as well as if a promontory were, as well as if a manor of thy friends or of thine own were; any man's death diminishes me, because I am involved in mankind; And therefore never send to know for whom the bell tolls; it tolls for thee.

of itself 그 자체로 | continent 대륙 | clod 흙 | wash away 씻어 가버리다
promontory 갑(岬), 곶 | diminish 줄어들다 | toll (종이) 울리다

어떤 이도 그 자체로 온전한 섬이 아니다

– 존 던

어떤 이도 그 자체로 온전한 섬이 아니다. 모든 인간은 대륙의 한 조각이며, 전체의 일부다. 만일 흙덩이가 바다에 씻겨 가면 유럽은 줄어들 것이고, 갑岬이 그리 되어도 마찬가지며, 친구와 자신의 땅이라도 마찬가지일 것이다. 그렇게 어떤 사람이 죽어도 나는 줄어드니 이는 내가 인류에 속해 있기 때문이다. 그러하니 종이 누구를 위해 울리는지 사람을 보내어 알아보지 말지니, 그 종은 그대를 위해 울리는 것이다.

시에서 주격 you는 thou, 목적격 you는 thee, 소유격 your는 thy, 소유 대명사 yours는 thine으로 표기되었다. 이는 지금은 잘 쓰지 않는 고어체 영어 표기다.

모두가 연결되어 있다

이 글은 시가 아니다. 〈Meditation 17〉이라는 산문의 일부다. 그러나 너무 유명하고 많은 사람에 의해 인용되는 글이므로 마음에 새겨 두면 좋다.

사람을 섬이라고 칭할 때, 우리는 바다 위에 동떨어져 있는 땅덩어리를 떠올리게 마련이다. 사람은 그렇게 외따로 떨어진 존재인가를 곱씹으면서 슬퍼질지도 모른다. 그렇지만 존 던은 우리가 '아무도 내 마음을 몰라.'하고 체념하며 외로워할 때, 바다 속 깊이를 들여다보라고 말한다. "이봐. 뭐하는 거야? 바다 속을 짚고 걸어 봐. 그러면 결국 우리는 모두 연결되어 있잖아!"라고 말이다.

이런 시각으로 바라보면 외로움의 깊이가 좀 달라질 수 있을까? 모두가 하나된 존재, 인류라는 종의 일원으로 자신을 바라보는 것이다. 글의 전체를 조명했을 때, 마지막에 울리는 '종'은 장례를 알릴 때 울리는 조종弔鐘이다. 그리고 이 조종이 '당신을 위해 울린다'는 것은 인간은 모두 죽음을 맞이한다는 의미로 해석될 수 있다. 다시 말해, 우리는 인류라는 거대한 종種의 일원이며, 죽을 수밖에 없는 유한한 운명의 존재라는 것이다.

존 던의 글은 초연결 시대에 접어든 우리에게 더욱 긴밀한 의미로 다가온다. 우리는 네트net로 묶여 있다. 인터넷에 접속해 일부러 글을 남기지 않더라도 신용카드 하나만 사용하거나, 병원에 들러 치료만 받아도 언제, 어디서, 어떤 일을 했는지 보이지 않는 망에 모두 기록되는 그런 시대 속에 산다. '연결'은 우리 삶에 속속들이 배고 깔린다. 이 연결에서 자유로운 사람은 거의 없다. 이런 세상에서 시에 나타난 '섬'은 밈meme이라는 비유전적 문화 요소와 집단 정서에 휩쓸리는 무의식적 연결에서 간신히 수면 위로 머리를 내민 개인의 의식과 같다. SNS를 통해 쉴 새 없이 퍼지는 메시지들, 공유를 통해 무서운 속도로 전파되는 정보들은 감정의 표상이다. 자극적이거나 부정적인 감정, 대체로 '혐오'를 필두로 한 감정은 망을 타고 빠르게 퍼져 나간다. 이렇게 이중삼중으로 몰아치는 엄청난 감정적 조류에 휩쓸리지 않고 자신을 지킨다는 것이 이제는 '인간의 이성을 어떻게 지킬 것인가'의 문제가 되어버린 것은 아닐까.

20세기 대문호 어니스트 헤밍웨이는 존 던의 시 마지막 구절, *For Whom the Bell Tolls*를 가져와 한 권의 소설을 썼다. 《누구를 위하여 종을 울리나》는 그렇게 세상에 나왔다. 헤밍웨이는 인간의 유한함과 죽음을 암시하고, 나아가 개인의 죽음이 사랑하는 사람들의 생과 미래에 연결된다는 주제를 전달하고자 했다. 그렇다면 우리 시대에 '인간 모두를 위해 울리는 종'의 의미는 무엇인가. 과연 요즘 세상의 연결은 축복인가 저주인가. 연결되므로 외롭지 않으니 축복이라 할 수 있겠고, 연결되어 집단의 감정에 휘둘리니 저주라고 볼 수도 있겠다. 과연 끝끝내 우리는 존 던이 말한 종, 헤밍웨이가 암시했던 그 종을 울릴 수 있을까? 우리는 어떻게 우리의 섬을 지켜나갈 수 있을까?

If a clod be washed away by the sea, Europe is the less
만일 흙덩이가 바다에 씻겨 가면 유럽은 줄어들 것이다

wash away는 '물로 씻어버리다, 쓸어가다'라는 뜻으로, 자연의 힘이 주어가 되면 파도 등이 쓸어가버린다는 의미이고, 추상적으로 쓰이면 죄 등을 씻어버린다고 할 때 활용할 수 있다.

아틀란티스는 거대한 해일에 쓸려 없어져 버렸다.
Atlantis was washed away by a huge tidal wave.

그 여자는 피를 씻어내야 한다며 계속 손을 씻었다.
She kept washing her hands, saying she had to wash away blood.

wash away 씻어버리다, 쓸어가다 | tidal wave 해일

as if a promontory were (washed away)
갑(岬)이 쓸려 간다고 해도

as if 가정법은 이제 spoken English에서 'like 주어+동사'로 대체되면서 잘 쓰지 않는다. 편하게 'like 주어+직설법 동사'로 표현할 수 있는 것을 힘들게 가정법 과거, 가정법 과거완료를 사용할 필요가 없어졌기 때문이다.

Theodore는 Samantha가 사람인 것처럼 그녀와 사랑에 빠졌다.
Theodore fell in love with Samantha as if she were a person.

1세기 전만 해도 유럽인들은 다른 인종의 사람들을 동물처럼 대했다.
Until about a century ago, Europeans used to treat people of other races as if they were animals.

as if 주어+과거동사 마치 ~인 것처럼

3부

삶의 언어

Day 21

삶은 흐르는 물이다

에이미 로웰

Amy Lowell, 1874-1925

미국 매사추세츠주 브루클린 출신의 이미지즘(imagism)파 시인이다. 사후 1926년 퓰리처상을 수상했다. 부모가 여자에게는 대학 교육이 맞지 않다며 대학을 보내주지 않자, 독서를 통해 독학했다. 당당하게 자기 의견을 말하고 여성 파트너와 여행을 다니며 시를 썼으며, 공공연히 시가를 피웠다. 에즈라 파운드(Ezra Pound)의 영향을 받아 이미지즘 시를 쓰기 시작했다. 과체중으로 평생 괴로워했고, 남자 문인들과 비평가들이 그녀의 신체적인 특징을 일컬으며 시인을 폄훼했다. 제2차 세계대전 이후 거의 잊혔다가 1970년대 여성들이 그녀의 작품을 다시 문학계로 소환했다.

Petals

- Amy lowell

Life is a stream
On which we strew
Petal by petal the flower of our heart;
The end lost in dream,
They float past our view,
We only watch their glad, early start.

Freighted with hope,
Crimsoned with joy,
We scatter the leaves of our opening rose;
Their widening scope,
Their distant employ,
We never shall know. And the stream as it flows
Sweeps them away,
Each one is gone
Ever beyond into infinite ways.
We alone stay
While years hurry on,

stream 개울, 시내 | strew 흩뿌리다 | freighted 담고, 싣고 | crimsoned 새빨개진
scatter 흩어지게 만들다 | employ 일 | sweep 쓸어가다 | fare forth (여행길을) 떠나다
fragrance 향기 | hurry on 서둘러 가다

The flower fared forth, though its fragrance still stays.

꽃잎

– 에이미 로웰

삶은 흐르는 물이라,
그 위에 우리는 흩뿌린다
우리 심장의 꽃잎을 한 잎 한 잎.
그 끝은 꿈속에 아득히 사라지고
꽃잎은 시야를 벗어나 흘러간다.
우리는 다만
초기에 꽃잎들이 기쁘게 출발하는 모습을 볼 뿐이다.

희망을 싣고
기쁨으로 새빨갛게 물들어 출발하는 모습을.
우리는 피어나는 장미의 잎들을 흩뿌린다
얼마나 널리 퍼져 나가는지
얼마나 멀리까지 가는지
우리는 결코 알 수가 없다. 그리고
물은 그저 꽃잎을 휩쓸며 흘러갈 뿐이다.
꽃잎 하나하나가 사라져
무한한 길로 영원히 사라져버린다.

우리만 남는다.

세월이 화살같이 지나가는 동안

꽃들은 떠나버리고 그 향기는 여전히 남는다.

삶은 흐른다 Life Is a Stream

동서양을 막론하고 흔히들 삶을 흐르는 물에 비유한다. 이는 눈으로 볼 수 없는 시간의 흐름을 흘러가는 물을 보며 감각해볼 수 있기 때문이다. 이 시의 화자는 흐르는 물가에 서 있다. 삶이 흐르는 물과 같다면 화자가 바라보고 있는 냇물도 그 삶의 일부일 것이다. 그러나 화자는 마치 제3자인 것처럼 자신의 삶을 관망한다. 단지 '심장의 꽃', 그 꽃잎을 알알이 뜯어 강물에 흩뿌리는 순간에만 화자는 삶에 개입한다. 이처럼 삶은 우리에게 삶에 개입하고 싶거든 너의 심장을 뜯어 바치며 살라고, 진심을 다해 살아가라고 말하고 있는지도 모른다.

인생이 어떻게 진행될지는 알 수 없기에 우리는 삶에 대한 기대를 품는다. 그 마음의 일부가 어디에 가닿을지는 모를 일인데도 말이다. 어쩌면 삶은 기대와 불안이 만든 하모니의 연속일 것이다. 나도 젊을 적에는 삶에 대한 기대를 품고 흐르는 물가에 서서 발을 동동 굴렀던 것 같다. 그러나 무심하게 흘러가는 강물에 자신의 심장을 쉼 없이 떼어 줘 본 사람은 안다. 인생에 대한 기대와 불안이 점차 강물의 무심함을 닮아간다는 것을 말이다. 대신에 무심함에 익숙해질 때쯤에는 저 멀리 떠내려가는 꽃잎을 보기 위해 가늘게 눈을 뜨고, 눈썹에 걸리는 햇살과 반짝이는 강물을 잠잠히 바라볼 수 있게 된다. 나의 삶, 나의 마음이 어디로든 흘러가 닿기를, 누군가에게 흘러가 아름다움이 되기를 바라는 것 하나로 강가에서 있는 일은 더욱이 아늑해진다.

영어에는 'water under the bridge'라는 표현이 있다. 똑같은 다리 아래로 흘러도 어제의 강물과 오늘의 강물은 다르기에 '이미 지나간 일'이라고 말하고 싶을 때 이 표현을 쓴다. 삶은 '다리 아래 물'이다. 그렇게 무상하다. 하지만 이렇게 무상한 시간 덕분에 쓰렸던 기억들도 점점 희미해진다. 마치 축복처럼, 찌르듯이 아픈 고통과 영원할 것 같던 슬픔도 시간의 흐름에 예각이 닳아 둔각으로 변해갈 수 있다.

종국에 남는 것은 감정밖에 없다고 한다. 나이가 들어서 지위, 지력, 체력, 가족을 하나하나 떠나보내고 내일이라도 삶을 마감해야 할 때, 끝까지 남아 있는 마지막 꽃잎이 바로 감정인 것이다. 정확히 하자면 젊었을 때 강렬하게 느꼈던 감정에 대한 기억, 그 기억이 생생하면 할수록 죽음을 코앞에 두고도 삶을 음미할 수 있다고 한다. 그래서 반복되는 불안과 좌절에도 삶에 수많은 기대를 품고, 절절한 감정 하나하나를 인생에 바친 사람에게는 흘러간 꽃잎의 향기가 선연히 남는 법이다. 그렇게 시의 화자는 모든 것이 하나둘씩 떠나가고 '우리만 남아도we alone stays 향기는 남는다fragrance still stays'고 말한다. 날이 저물어 더 이상 강을 볼 수 없게 될지라도 우리는 향기로 스러질 수 있는 것이라고.

젊을 적 강렬하고도 많은 감정을 삶에 내주어야 한다. 비록 마음을 떼어내는 일이 불안과 수고와 고통을 동반할지라도 훗날 짙은 향을 품은 꽃잎이 강가에 가득할 수 있도록.

영시로 배우는 영어

They float past our view
그것들은 우리의 시야를 지나 흘러간다

float은 둥둥 떠서 흐르는 상태다. 해파리가 물에 떠 있는 상태를 상상하면 어떤 뜻인지 이해하기 쉽다. 물이 흐르는 대로 이리저리 유영하는 상태라고나 할까. past는 '~를 지나쳐서'라는 뜻인데, 여기서는 눈길이 닿는 것을 지나쳐 흘러간다는 의미이기에 '우리의 시야를 너머'라고 해석해도 괜찮다. 이때 float(동사) 대신 다른 '가다' 동사를 넣고 '지나쳐 가다'로 활용을 해보면 여러 표현을 만들수 있다.

Sarah와 그녀의 친구들이 나를 못 본 척하며 지나쳐 걸어갔다.
Sarah and her friends walked past me, pretending not to see me.

한 줄기 바람이 나를 스치며 지나갔다.
A draft of wind brushed past me.

(float) past A A를 지나 (흘러)가다 | pretend ~인 척하다

론이 흰 강아지를 쫓아 달려가 나를 지나쳤다.

Ron ran past me, chasing after a white puppy.

내 전 남자친구와 그의 여자친구가 페라리를 타고 나를 지나쳐갔다.

My ex-boyfriend and his girlfriend in a Ferrari drove past me.

Day 22

꿈, 그 가능성과 비현실성

랭스턴 휴스

Langston Hughes, 1902-1967

할렘 르네상스(Harlem Renaissance)를 이끈 미국의 시인이자 소설가, 극작가, 인권운동가다. 할렘 르네상스는 창조성이 번뜩이던 1920년대 미국 뉴욕의 흑인지구에서 퍼진 민족 각성과 흑인 예술 문화를 통칭한다. 당시 미국을 휩쓴 흑인들의 재즈 열풍에 앞장서 그는 "재즈 시"라 불리는 일련의 시를 썼다. 그의 작품에서는 주로 미국의 노동자 계층인 흑인들의 삶이 그려진다. 그는 극심한 인종차별에 대한 대안으로 공산주의를 지지하기도 했다. 흑인이자 성 소수자로서 사회의 경계에서 깨어 있는 글을 썼다.

Dream Deferred

- Langston Hughes

What happens to a dream deferred?

Does it dry up
Like a raisin in the sun?
Or fester like a sore—
And then run?
Does it stink like rotten meat?
Or crust and sugar over—
like a syrupy sweet?

Maybe it just sags
like a heavy load.

Or does it explode?

defer 미루다, 유예하다 | dry up 말라붙다 | raisin 건포도 | fester 곪다 | sore 상처
stink 악취가 나다 | rotten 썩은 | crust 껍질, 윗부분 | syrupy 시럽의
sag 축 처지다, 늘어지다 | load 짐 | explode 폭발하다

유예된 꿈

– 랭스턴 휴스

유예된 꿈은 어떻게 되는가?

햇빛에 내어놓은 건포도처럼
말라비틀어지는가?
아니면 상처처럼 곪다가
그러다 터져 흐르는가?
썩은 고기 같은 악취를 풍기는가?
아니면 시럽을 씌운 캔디처럼
덧씌워져 갈라지고 터지는가?

어쩌면 무거운 짐처럼
축 늘어지는가.

아니면 폭발하는가?

'상처'라는 뜻의 sore는 피가 철철 흐르는 상태를 의미하는 것은 아니다. 어딘가에 문대거나, 헤져서 속살이 벌겋게 드러나 쓰라리고 아픈 상처를 sore라고 한다.

꿈꾸는 자유는 꿈을 이룰 자유다

랭스턴 휴스는 할렘 르네상스Harlem Renaissance를 이끌었던 아프리카계 미국 시인이다. 그의 증조할머니는 노예였고, 증조할아버지는 노예 소유주이며, 외할머니는 흑인, 프랑스인, 미국 원주민의 피가 섞인 혼혈이었다. 아버지는 인종 차별을 참다못해 쿠바로 가버렸고, 어머니는 일자리를 찾기 위해 어린 랭스턴을 그의 외할머니에게 맡기고 대도시로 떠났다. 그렇게 랭스턴 휴스는 유년시절 동안 외할머니 손에서 자랐다.

흑인 인권운동에 참여했던 외할머니는 흑인이 마땅히 가져야할 자부심에 관해 어린 랭스턴에게 이야기해주었고, 이는 그의 문학적 재능에 바탕이 되었으며, 이러한 재능으로 그는 할렘 르네상스를 이끌었다. 그가 흑인이라는 인종적 소수성과 동성애자라는 성 소수성을 지닌 작가였기 때문에, 랭스턴 휴스의 작품들은 그의 배경과 소수성을 떼어놓고 읽는 것이 힘들 정도다. 가장 유명한 시는 〈니그로가 강에 대해 이야기하다The Negro Speaks of Rivers〉이지만, 한국에서 가장 널리 읽히는 시는 〈꿈Dreams〉이다.

Hold fast to dreams
For if dreams die
Life is a broken-winged bird
That cannot fly.
Hold fast to dreams
For when dreams go
Life is a barren field
Frozen with snow.

꿈을 꽉 붙들라
꿈이 죽으면
삶은 날 수 없는
날개 부러진 새가 되기 때문이다.
꿈을 꽉 붙들라.
꿈이 사라지면
삶은 눈이 얼어붙은
황량한 들판이 되기 때문이다.

이 시는 랭스턴 휴스에 대한 사전 정보 없이 읽어도 좋지만, 그의 배경을 알고 보면 이 시에서의 꿈은 '억압'과 '차별'

에서의 해방 혹은 자유로 읽힌다. 어떤 억압과 차별 속에서도 사람은 꿈을 꾸기 마련이다. 그 누가 다른 이를 구속하고 지배한다고 하여도 '꿈을 꿀 자유'까지 앗을 수는 없는 일이다. 나는 꿈의 자유에 대한 소중함과 절실함을 마음에 새긴 후, 랭스턴 휴스의 〈유예된 꿈〉을 읽어본다.

그는 이 시에서 꿈을 계속 꾸기만 하고 이루지 못할 때 어떻게 되는지 말하고 있다. 이루어질 가능성이 없는 꿈은 결국 힘을 잃게 된다. 힘을 잃고 지지부진하여 계속 미루어지기만 하는 꿈은 그러다 말라붙든지, 곪아 터지든지, 썩어 문드러지든지, 갈라져 터져 나온다. 그렇게 마지막 행의 "폭발하는가?"에서 유예된 꿈의 모든 고통과 슬픔은 강렬한 이미지로 우리에게 전해진다. 폭발은 시 안에서 끝나지 않고, 시를 읽는 이들의 마음으로 들어와 뇌관을 심는다. '그래, 터뜨리고 싶어.'라고.

랭스턴 휴스는 시 한 편, 한 편에 폭발을 위한 뇌관을 심어둔다. 이에 마음이 동한, 꿈을 유예시킨 이들은 똑똑히 알아 두어야 한다. 꿈꾸는 것만이 능사는 아니며 꿈은 실현되어야 한다는 것을 말이다. 그렇게 꿈꾸는 자유는 꿈을 이루는 자유와 동일어가 된다.

What happens to a dream deferred?
유예된 꿈에는 무슨 일이 생기는가?

happen은 '일어나다'라는 뜻의 자동사다. 대개 사물을 주어로 써서 '무언가가 일어나다, 벌이지다'라는 의미로 사용된다.

그동안 네게 무슨 일이 생긴 거야?
What has happened to you since I last saw you?

네 저축은 어떻게 된 거야? 어쩌다 땡전 한 푼도 없어?
What happened to your savings? How come you are totally broke?

그 안에서 무슨 일이 일어나고 있는 거야?
What is happening in there?

What happens to ~? ~에 어떤 일이 일어나는가?

Does it stink like rotten meat?
꿈은 썩은 고기처럼 악취가 나는가?

smell(stink)의 동사 변화는 stink → stank → stunk다. 영어에서는 안 좋은 냄새를 표현할 때 물에 젖은 시궁쥐 냄새가 난다고 한다. 쥐에는 mouse와 rat이 있는데, mouse는 보통 여자 애칭으로도 쓰이고, 미키마우스와 미니마우스같이 귀여운 뉘앙스를 가진다. 하지만 rat은 시궁쥐로 하수도에 사는 더럽고 악취를 풍기는 쥐다. 또한 젖은 개 냄새를 비유하기도 하는데 이는 좀 비리면서 텁텁한 냄새를 일컬을 때 쓰인다.

그 소년은 젖은 시궁쥐 같은 악취가 났다.
The boy stank like a wet rat.

무언가 의심쩍은데.
Something smells fishy.

Day 23

누구든 돌아오시라

로버트 프로스트

Robert Frost, 1874-1963

미국의 시인이다. 구어체 영어로 전원 풍경을 읊은 것으로 유명하다. 20세기 초 뉴잉글랜드 지방을 배경으로 복잡한 사회적, 철학적 주제를 담은 시를 썼다. 살아생전 네 번의 퓰리처상을 수상했으며, 노벨 문학상에 31회 추천되었다. 케네디 대통령 취임식 때 시를 낭송하기도 했다.

Stopping by Woods on a Snowy Evening

- Robert Forst

Whose woods these are I think I know.
His house is in the village though;
He will not see me stopping here
To watch his woods fill up with snow.

My little horse must think it queer
To stop without a farmhouse near
Between the woods and frozen lake
The darkest evening of the year.

He gives his harness bells a shake
To ask if there is some mistake.
The only other sound's the sweep
Of easy wind and downy flake.

The woods are lovely, dark and deep,
But I have promises to keep,
And miles to go before I sleep,

stop by 잠시 들리다 | queer 이상한 | harness 마구 | downy 보송보송한
(snow)flake 눈송이 | keep a promise 약속을 지키다 | break a promise 약속을 어기다

And miles to go before I sleep.

249 wood는 목재로 나무라는 뜻이지만, s를 붙여 'woods'가 되면 '숲'이라는 뜻이 된다. water는 물이지만, waters가 되면 '바다', sand는 모래이지만 sands가 되면 '사막'이라는 뜻이 되는 것과 같다.

눈 내리는 밤 숲에 멈춰 서서 - 로버트 프로스트

이게 누구의 숲인지 나는 알 것도 같다.
하지만 그의 집은 마을에 있어서
눈 덮인 자기 숲을 보려고
내가 여기 멈춰 서 있는 걸 모를 것이다.

내 조랑말은 일 년 중 가장 어두운 밤
숲과 얼어붙은 호수 사이
농가 하나 안 보이는 곳에
멈춰 서 있는 게 이상했나 보다.

뭐가 잘못되었냐고 묻는 냥
말은 목 방울을 흔들어 본다.
다른 소리라고는 바람 스치는 소리와
솜처럼 부드럽게 내리는 눈송이 소리뿐

숲은 아름답고 어둡고 깊다.
그러나 내겐 지켜야 할 약속이 있고

잠들기 전 몇 십리를 더 가야 한다.

잠자기 전 몇 십리를 더 가야 한다.

살다 보면 멈추어야 할 때가 온다

시는 눈 오는 밤 풍경을 그린 듯하다. 그렇게 단순하지만 이상하게도 무언가 자꾸 나를 끌어당긴다. 알 수 없는 친밀함이다. 그래서 시의 화자 역시 '누구의 숲인지 알 것 같다.'고 말하는가 보다.

처음에 등장하는 형상화imagery는 집과 숲이다. 그것도 '그'의 집과 숲이다. 남성의 집과 남성의 숲. 서구 문화에서 마을은 문명이요, 숲은 야만과 미지의 세계다. 그런 문명의 마을을 벗어나 이 남자는 미지의 숲에 서 있다. 이성의 고리를 끊고 숲으로 들어오면 잠들어 있던 본성과 무의식이 깨어난다. 그래서 마을에 있는 '이성의' 그는 이 남자가 숲에 와 있는지 모를 것이다.

이 시는 우리가 깊은 무의식으로 들어갔을 때 무엇을 보는지에 대하여 말하고 있다. 깜깜한 밤, 눈 내린 숲을 상상해보라. 낮에도 쉽게 분간할 수 없는 눈 덮인 세상을 어두컴컴한 밤에 마주하면 어떨지 말이다. 하늘과 땅과 숲이 모두 하얗고 둥근 눈송이로 뒤덮여 화자 주변에서 모인다. 마치 세상의 중심에 홀로 서 있는 것처럼. 한 비평가는 이 시를 보고 "눈에 덮인 온 세상이 둥글게 모이고, 우주의 중심에 폭 빠진 듯하다."며 이 순간 우주는 '하얀 눈의 보편적인 힘에 의해 거대한 자궁으로 변한다.'라고 말했다. 무서운 이야기는 여기서부터 시작된다. 화자는 '어둡고 깊고 아름다운' 거대한 자궁에 그저 발길을 멈추고 웅크려 눕고 싶다. 어머니의 뱃속을 나온 후 늘 가장 그리워했던 편안함과 고요함, 그 응축된 깊고 어두운 아름다움이 바로 여기에 현현한다.

거대한 모성과 조우할 때 우리는 어떤 반응을 보이는가. 이때 인간은 시험대에 올라선다. 이게 무서운 이야기라고 한 이유는 바로, 모성 회귀 본능은 '데스 위시death wish'이기 때문이다. 일단 자궁womb 밖으로 나온 인간이 경험할 수 있는, 자궁womb과 가장 유사한 장소는 무덤tomb이다. 이때 womb은 tomb이라는 등식이 성립하기 때문이다. 그러므로 모성으로 돌아가고 싶다는 본능에 무릎 꿇는 사람은 죽음을 택할 수밖에 없다.

살다 보면 반드시 멈추어야 할 때가 온다. 멈추지 않고 쉼 없이 달리기만 하면 내면을 돌아볼 수 없다. 때때로 이성의 빛을 끄고 어두운 밤, 눈 내린 숲으로 가서 자신을 들여다보아야 한다. 부디 눈 오는 밤, 숲에 가서 홀로 멈추어 서시라. 그리고 세상이 거대한 자궁으로 변해 당신을 감싸오면 끝끝내 유혹을 끊고, 말의 방울 소리에 지켜야 할 생의 약속을 되새기며 다시 마을로 돌아오시라. 죽음을 등지는 그런 힘으로 돌아와 당신만큼 연약한 살들을 품어주시라. '몇 십리'를 가서라도 기어코 품어야 하는 것들을 기억하시라.

My little horse must think it queer
To stop without a farmhouse near
내 조랑말은 근처에 농가 하나 없는 곳에 멈추는 것이
이상하다고 생각한 게 틀림없다

가목적어 it과 그 뒤에 진짜 목적어 stop 이하가 쓰인 형태다. 이렇게 좀 복잡한 형태의 문장은 반복해서 연습을 해두는 것이 좋다.

나는 그들이 정보를 숨기는 것이 이상하다고 생각한다.
I think it strange for them to hide the information.

당시 사람들은 가난한 이들이 모아가라고 밭에 낟알을 좀 남기는 것을 당연하다고 생각했다.
At that time, people thought it natural to leave some grains in the field for the poor to collect.

think it A to ~ ~하는 것을 A하다고 생각하다

But I have promises to keep
하지만 나는 지켜야 할 약속이 있다

한국말로는 똑같은 약속이지만, 영어로는 '무언가를 하겠다.'는 약속만 promise라고 한다. 만나는 약속은 appointment다. 맥락에 따라 예약을 한다고 말할 때에도 appointment를 사용한다. 병원 진료 예약 등이 이에 속한다. "나는 저녁에 약속이 있어."라고 할 때는 "I have (other) plans."라고 한다. 이건 격의 없이 말할 때이고, 공식적으로 말할 때에는 "I have prior commitments."라고 하면 된다.

그는 지켜야 할 약속이 있어서 돌아왔지만, 멀쩡히 오지는 못했다.
He kept the promise to return, but he didn't return in one piece.

일단 약속을 했으면 지키세요.
Once you made a promise, please keep it.

keep a promise 약속을 지키다 | in one piece 말짱히, 안전히

Day 24

살아 보이는 것

사로지니 나이두

Sarojini Naidu, 1879-1949

마하트마 간디(Mohandas Karamchand Gandhi)를 따라 비폭력 독립운동을 하고 20세기 초에 활동한 시인으로 인도의 나이팅게일이라 불린다. 그녀는 지역 대학교 총장의 딸로 뱅갈의 힌두 브라만 집안에서 태어났다. 어린 시절부터 보인 글재주로 후원을 받아 런던대학교와 캠브리지 대학교에서 수학했다. 당시 인도의 신분제인 카스트제도와 그보다 넘기 힘든 지역차를 극복하고 유학 중 만난 의사와 결혼했다. 그녀는 인도 최초의 여성 총독이 되었고, 말년에는 인도 의회 의장을 역임하며 공직에 몸 바치다 심장마비로 사망했다.

Life

- Sarojini Naidu

CHILDREN, ye have not lived, to you it seems
Life is a lovely stalactite of dreams,
Or carnival of careless joys that leap
About your hearts like billows on the deep
In flames of amber and of amethyst.

Children, ye have not lived, ye but exist
Till some resistless hour shall rise and move
Your hearts to wake and hunger after love,
And thirst with passionate longing for the things
That burn your brows with blood-red sufferings.

Till ye have battled with great grief and fears,
And borne the conflict of dream-shattering years,
Wounded with fierce desire and worn with strife,
Children, ye have not lived: for this is life.

amber 호박 | amethyst 자수정 | thirst 갈증 | longing 갈망 | borne 짊어진
fierce 강렬한 | worn 지친 | strife 투쟁

삶

– 사로지니 나이두

젊은이여, 그대들은 아직 산 것이 아니다. 그대들에겐 삶이
꿈이 쌓여 맺힌 어여쁜 종유석이나
호박색과 자수정색 불꽃으로 일렁이며
바다에 피어오르는 안개처럼 심장 주변에서
무심히 톰방거리는 기쁨의 축제 같겠지.

젊은이여, 그대들은 아직 산 것이 아니다
불가항력의 시간이 일어나 심장을 움직여 깨어나게 하고
사랑을 좇아 굶주림을 느끼고
그대들 이마를 핏빛 고통으로 채우는 것들을 열렬하게 갈망하다
타는 목마름을 느껴보기 전까지
그대들은 그저 존재하는 것일 뿐.

엄청난 슬픔과 공포와 싸워보고
꿈을 산산조각 내는 세월이 안겨주는 갈등을 견디고
꿰뚫는 욕망에 상처 입고 투쟁으로 지쳐보기까지,
젊은이여, 그대들은 살아본 것이 아니다. 삶이란 이러함이다.

ye는 복수형 you의 예스러운 표현이다. children은 보통 아이들 혹은 자녀들이라고 해석하지만, 나이 많은 사람이 젊은이를 부를 때에도 'child'라고 하기 때문에, "젊은이들"이라고 해석했다.

말을 살아 보이다

말이 난무하는 시대인지라, 말은 그 힘을 잃었다. 고등학생 때 유일하게 학교 권력에 타협하지 않던 고전 문학 선생님이 계셨다. 선생님은 우리가 수업 시간에 떠들면 가만 지켜보시다가, "말이 많아서 말 많을까 하노라."라고 하셨다. 그렇다. '말 많아서 말 많은 시대'다. 이는 말만 앞서고 그 말한 바를 살아 보이는 이가 드물다는 뜻이기도 하다. 더군다나 나이 좀 많다고 젊은 사람들에게 '인생이 이러쿵저러쿵' 한 마디를 잘못하면 '꼰대'라는 꼬리표가 달리기 십상인 시대다. 그러나, 나는 사로지니 나이두에게 한 표를 던지고 싶다. 그녀가 젊은 사람에게 건네는 말은 어딘가 귀 기울여 들어보고 싶어진다.

말을 살아 보이는 것을 영어로 한다면 'live up to words' 정도가 되겠다. 'up to'에는 '~까지, ~에 미치도록'이라는 의미가 있으므로, 말을 하고 그 말에 이르기까지, 그 말에 미치도록 산다는 뜻이다. 그래서 'live up to words'한 사람의 말은 묵직한 울림이 있다. 특히나 번지르르하게 좋은 말을 하던 사람이 자신이 한 말에 미치며 살기 위해 노력하기는커녕 정반대의 모습을 보이는 경우, 사람들은 그 말을 두고 환멸에 빠진다. 이러한 현상이 계속되면 될수록 말을 살아 보인 사람의 '말'은 참으로 귀하게 느껴진다.

사로지니는 인도의 카스트제도 최상층인 브라만 계급이었고 남편은 그 아래 계급인 크샤트리아에 속하는 의사였다. 그녀가 이 카스트를 뛰어넘은 것도 대단하지만, 계급 격차만큼이나 심했던 남인도와 북인도의 지역차를 극복하고 결혼을 감행했다는 것이 놀랍다. 이후에도 그녀는 비폭력 독립 운동으로 인해 옥고를 치렀다. 20세기 초, 인도에서 여자로 태어나 성별의 굴레와 언어의 한계를 벗어나고, 신분의 격을 허물고, 지역감정과 식민지를 초월해 살았다는 것이 참으로 거대하게 다가온다.

그러한 여성이 '삶'이라는 제목의 시를 썼다. 그녀는 욕망하고 소망하는 것들을 향해 어떻게 불타오르고, 그것에 다다르며, 때로는 좌절하지만 그러고도 살아남을 수 있는지를 이야기한다. 그녀가 살아 보인 삶의 무게는 그녀가 말하는 '삶'과 같다. 그녀의 말에 따르면 사는 것과 존재하는 것은 다르다. 사는 것은 '살아 보이는 것'이다. 믿음대로, 믿어서 말하는 대로 살아 보이는 것. 그게 바로 그저 존재하는 상태에서 벗어나 '사는 것'이다.

(have) borne the conflict of dream-shattering years
꿈을 산산조각 내는 세월이 안겨주는 갈등을 견디고

bear는 '무게를 지탱해서 견디다'는 의미에서 '참다', '견디다' 혹은 '짊어지다'라는 뜻이다. 어떠한 감정을 품고 있는 것 역시 같은 맥락에서 bear a feeling이라 할 수 있다. 아이를 낳고 열매를 맺는 것도 동일하다. 재미있는 것은, 배지나 이름표를 '차고 혹은 달고 다니는 것'을 한국말로 '패용하다'라고 하는데, 영어로는 똑같이 bear를 쓴다. 이는 이름표나 ID 카드가 단순히 종이나 플라스틱이 아니라, 거기에 걸맞은 이름값 혹은 지위를 다는 것이므로 그 무게를 감당한다는 뜻이 되기 때문이다.

그는 묵묵히 손실을 감당하고 다시 일하기 시작했다.
He bore the loss in silence and started working again.

bear (짐을) 짊어지다, (배지를) 달다, 견디다, (아이를) 낳다

Day 25

감정은 삶의 흔적이다

에드나 세인트 빈센트 밀레이

Edna St. Vincent Millay, 1892-1950

1923년에 퓰리처상을 수상했다. 역대 시 부분 세 번째 여성 수상자이고, 프로스트 메달을 받은 여섯 번째 시인이자 두 번째 여성이다. 산문은 낸시 보이드(Nancy Boyd)라는 필명으로 썼다. "이 세기 최고의 소네트 중 몇 편을 빈센트 밀레이가 썼다."라는 평을 들을 정도로, 고전적인 형식에 근대적인 정서를 잘 담아낸 시인이다. 붉은 머리의 활기가 넘치는 젊은 예술가로 뉴욕의 그리니치 빌리지에서 거주했다.

What Lips My Lips Have Kissed

- Edna St. Vincent millay

What lips my lips have kissed, and where,
and why,
I have forgotten, and what arms have lain
Under my head till morning; but the rain
Is full of ghosts tonight, that tap and sigh
Upon the glass and listen for reply,
And in my heart there stirs a quiet pain
For unremembered lads that not again
Will turn to me at midnight with a cry.

Thus in the winter stands the lonely tree,
Nor knows what birds have vanished one
by one,
Yet knows its boughs more silent than before:
I cannot say what loves have come and gone,
I only know that summer sang in me
A little while, that in me sings no more.

tap 두드리다 | sigh 한숨 쉬다 | stir 휘젓다 | lad 청년 | vanish 사라지다
bough 나뭇가지

어느 입술이 내 입술에 키스했는지

– 에드나 세인트 빈센트 밀레이

어느 입술이 내 입술에 키스했는지
어디서, 어째서 그랬는지 나는 잊었다.
그리고 아침이 될 때까지 내 머리가
어떤 팔을 베고 있었는지도 잊었다.
그러나 오늘 밤 내리는 비는
유리창을 두드리고 한숨지으며 응답을
기다리는 유령들로 가득 차 있다.
그러면 내 마음속에서 고요한 고통이 파문처럼 일어난다.
이제 다시는, 한밤중에 신음 소리로 내게
무너져 오지 않을, 기억나지 않는 청년들로 인해.

그리하여 외로운 나무는 겨울에 서 있다
나무는 어떤 새들이 하나씩 사라져 갔는지 알지 못하지만
그러나 그 가지들이 이전보다 잠잠해졌다는 것을 안다.
어떤 사랑들이 오고 갔는지 나는 말할 수 없다.
여름이 내 속에서 잠시 노래했었고
이제는 더 이상 노래하지 않는다는 것을 알 뿐이다.

'휘젓다'라는 뜻의 stir는 원래 수저로 커피 등의 음료를 저을 때 쓰는 말이다. 이 말을 추상적으로 사용하면 마치 무언가가 마음을 휘젓는 것처럼 마음에 동요가 일어난다는 뜻이 된다.

감정을 기억한다는 것, 살아있다는 것

사랑은 왔다가 간다. 우리는 더 이상 십 대에 결혼하여 사십 대에 죽는 삶을 살지 않는다. 목숨을 내건 사랑은 인간의 평균 수명이 마흔 몇 살이던 시절, 즉 질병, 전쟁, 출산으로 언제든 사람이 픽 쓰러져 죽을 수 있던 때의 사랑이다. 17세기 혹은 18세기 평민 여성들은 보통 스무다섯이면 출산을 적어도 다섯 번은 거쳤던지라 몸 속에 칼슘을 모두 빼앗겨, 윗니와 아랫니가 서너 개씩 빠진 몰골이었다. 당시 서른이면 열다섯에 시집와 처음 낳은 딸이 자식을 낳아서 할머니가 되는 나이였다. 그래서 그 시절에는 인생에서 가장 아름다운 십 대에 목숨을 걸고 사랑을 했는지도 모른다.

우리는 평균 수명 100세인 시대에 살고 있다. 십 대들은 성적 자기 결정권이 보장되지 않은 미성년이며, 서른이 넘어 결혼하고 출산하는 것이 의례적인 시대다. 100세 정도를 살려면 25년을 주기로 동반자도 세 명 쯤 있는 것이 정서에 맞지 않겠냐는 말도 나온다. 사랑이 진실하지 못해서가 아니라, 시간이 오래다 보면 사람도 변하고 사랑도 덩달아 변하는 인생에 우리가 살고 있기 때문이라고 한다.

사랑은 왔다가 간다. 인생에 사랑이 왔다 가는 것은 당연하고 복수의 사랑이 존재하는 것이 자연스럽다 한들 떠나간 사랑이 고통스럽지 않은 것은 아니다. 지난 사랑에 고요한 고통을 느끼는 것은 첨예한 고통이 시간과 더불어 뭉툭해졌기 때문일 것이다. 시간과 세월에 상관없이 고통은 그렇게, 거기에 항상 있다. 그리고 젊음도 지나간다. 여러 이성을 만나는 것도 혈기가 끓어오르는 시절에야 가능한 일이다. 지나간 사랑보다 젊음이 나를 떠나가는 것이 못내 아쉬워서, 우리는 그렇게 젊은 시절의 사랑을 반추하는지도 모르겠다. 그러나 떠난 이가 돌아오지 않는 것처럼 나의 젊음도 돌아오지 않는다는 것을 알고 있다. 이제 새들이 떠나가고 고요해진 가지들을 가만 내려다볼 때임을 알고 있다.

고통스럽더라도 되돌아볼 감정이 남아 있는 삶은 풍요로운 삶이라는 생각이 든다. 감정을 복기한다는 것은 살아왔음을 인정하는 일이기 때문이다. 사실 감정의 한가운데 서 있을 때에는 그 감정의 진가를 제대로 알지 못한다. 사랑을 하면서도 이것이 사랑일까, 아닐까를 늘 갸웃대는 것처럼 말이다. 하지만 시간이 지나 그 감정을 처음부터 되짚어 보면 비로소 우리는 그것이 사랑이었는지, 슬픔이었는지, 분노였는지, 미움이었는지 알게 된다. 그렇게 꿈에 그리던 사람과 영원히 행복할 것 같던 단 하나의 사랑에 대한 환상이 깨지면, 시에서 말하는 복수複數의 사랑이 무엇인지 조금은 알게 될 것이다.

우리는 사랑하며 살아야 한다. 조금은 진부해도 사랑은 감정의 보고다. 호르몬에 뒤범벅되고 환상에 코 꿰어 허둥거렸던 사랑이라도 사랑해본 이들은 남아있는 감정을 반추하며 한층 더 성장한다. 인간의 본능과 이성이 강렬하게 뒤섞이는 경험을 해보아야 우리는 삶의 스펙트럼을 넓힐 수 있다. 아는 만큼 보인다는 말처럼, 세상은 사랑하는 만큼 보인다. 깊이와 크기에 상관없이 사랑을 통해 감정의 바로미터를 늘리는 만큼 세상을 더 많이 담을 수 있게 된다.

나이가 들면, 과거의 사랑을 돌아보며 감정에 이름을 붙여주시라. 감정의 이름을 불러주면서 지나간 것들에 고갯짓을 해보는 것이다. 사랑의 회고록에는 누구의 입술이었는지, 언제 어떻게 만난 사람인지, 그 사람의 이름이 무엇인지는 중요하지 않다. 중요한 것은 사랑했었다는 것. 그 사실 하나다. 여름의 노래가 사라져도 그 멜로디는 기억 속에 남을 것이다. 기억에 남은 감정에 기대어 우리는 살아간다.

여름 내 지저귀던 새들이 떠나가고 "외로운 나무"가 서 있는 겨울은 과연 척박한 계절인가. 외면의 잎을 떨구는 대신 내면의 잎맥을 짚고, 여름에 모은 수액들로 더욱 농밀해지는, 겨울은 과연 척박한 계절인가.

For unremembered lads that not again
Will turn to me at midnight with a cry.
이제 다시는, 한밤중에 신음 소리로 내게
무너져 오지 않을, 기억나지 않는 청년들로 인해.

turn은 '돌아서다'라는 뜻이고, 문자 그대로의 의미를 새겨보면 turn to는 '~에게로 돌아서다'라는 의미다. '기대다'라는 이 표현이 추상적으로 발전한 경우로, 궁지에 몰렸을 때 믿고 의존하는 사람에게 몸을 돌려 바라보는 몸짓 언어를 상상하면 된다.

누구에게 의지할지 아는 것은 생존에 아주 중요하다.
Knowing who to turn to is critical to your survival.

그는 신에게 의존해야 했다. 그 외엔 의존할 데가 없었다.
He had to turn to God. He had no one else to turn to.

turn to 의지하다, 기대다

the rain
Is full of ghosts tonight, that tap and sigh
Upon the glass and listen for reply
비는 오늘 밤
유리창에 붙어 두드리며 탄식하고 응답을 기다리는
유령들로 가득 차 있다.

전치사 for에 '목적'의 의미가 있다는 것은 그다음에 나오는 명사가 for 앞에 나오는 동사를 하는 목적이 된다는 뜻이다. 그래서 'listen for something'은 누군가 여러 소리 중에서도 something을 듣기 위해 귀를 쫑긋 세우고 있다고 이해하면 된다.

나는 눈을 감고 그의 심장 박동에 귀를 기울였다.
I closed my eyes and listened for his heartbeats.

힘든 하루 너머를 바라보며 안도의 한숨에 귀를 기울이라.
Look beyond a long, tiring day and listen for a sigh of relief.

listen for ~을 (들으려고) 귀 기울이다

Day 26

삶의 재고를 조사하다

도로시 파커

Dorothy Parker, 1893-1967

미국의 시인이자 비평가, 풍자가, 영화 대본작가다. 보그 및 배니티 페어와 같은 뉴욕의 잡지사에서 작가로 일하며 호텔 알곤퀸에서 알곤퀸 라운드 테이블(The Algonquin Round Table)을 만들어서 다른 편집자, 작가, 그리고 비평가들과 함께 사회를 비평하고 풍자했다. 독설과 위트 있는 글로 명성을 날렸다. 이후 헐리우드에서 영화 대본작가로 일한 그녀는 아카데미상 후보에도 여러 번 올랐으며, 좌파적 정치 활동으로 헐리우드 블랙리스트에 오르기도 했다. 73세에 전 재산을 마틴 루터 킹 재단에 남기고 심장마비로 사망했다.

Inventory

- Dorothy Parker

Four be the things I am wiser to know:
Idleness, sorrow, a friend, and a foe.

Four be the things I'd been better without:
Love, curiosity, freckles, and doubt.

Three be the things I shall never attain:
Envy, content, and sufficient champagne.

Three be the things I shall have till I die:
Laughter and hope and a sock in the eye.

inventory 재고 | idleness 게으름 | foe 적 | curiosity 호기심 | freckle 주근깨
content 콘텐츠 | sufficient 충분한 | sock 한 방 맞기

재고

– 도로시 파커

네 가지가 있으니 내가 알게 되어 더 현명해진 것들
게으름, 슬픔, 친구 그리고 적수

네 가지가 있으니 없었더라면 더 좋았을 것들
사랑, 호기심, 주근깨 그리고 의심

세 가지가 있으니 나는 평생 지니지 못할 것들
질투, 콘텐츠, 그리고 넘치는 샴페인

세 가지가 있으니 바로 죽을 때까지 내게 있을 것들
웃음, 희망 그리고 그러다 삶에 한 대 얻어맞기

삶의 재고를 조사하다

삶의 재고를 조사하다니 참으로 발칙한 아이디어가 아닌가. 괜히 솔깃해져 나도 어디 한번 내 삶의 재고 조사를 시작해볼까 하는 생각도 든다. 하지만 선뜻 실행할 수 없는 이유는 재고가 딸리는 창고를 확인하고 망연자실할까 두려워서이다. 혹은 지금까지 살면서 삶의 재고를 한번도 조사해보지 않았다는 당혹감 때문일 수도 있다.

도로시 파커가 꼽은 알게 되면 더 현명해질 네 가지의 것 중, idleness는 '게으름'이라고 번역되는데, idle의 게으름은 lazy의 게으름과 다르다. lazy는 사람의 성정이 게으르다는 것이지만, idle은 하릴없는 상태를 말한다. 본시 성실하고 바쁜 사람일지라도 idle한 상태를 즐길 줄 알게 되면 더 현명해진다는 말이 있다.

그리고 파커는 친구뿐만 아니라 적 역시 자신을 현명하게 만들어줄 거라 말한다. 친구가 그런 존재라는 것에는 동의하지만, 적이 그렇다는 이야기에는 의아할 사람이 많을 것이다. 하지만 곰곰 생각해보면, 우리는 적이 있어 더 성장하는 것일지도 모른다. 적의 비난으로 나를 돌아볼 수 있고, 적에게 맞서기 위해 더 강해지고 단단해질 테니 말이다.

재고(inventory)는 keep한다고 한다. 이때 keep은 '유지하다'의 뜻이 아니다. 매일매일 무언가를 기록하는 경우를 영어로 keep이라고 한다. 그래서 '일기를 쓰다'도 'keep diary'이고 회계장부를 기록하는 것도 'keep the book(bookkeeping)'이라고 하고, 재고 목록을 확인해서 늘 기록하는 것도 'keep inven-

또한 없었더라면 더 좋았을 네 가지에 사랑이 들어갔다는 것은 이미 사랑을 해볼 만큼 해본 사람이므로 할 수 있는 이야기일 것이다. 그러니 아직 사랑이 고픈 사람 혹은 사랑을 사랑하는 사람은 도로시 파커가 사랑을 없다손 친다는 것에 동요하지 말고, 온전하고 충분한 사랑을 한 다음에 이곳으로 돌아오시라.

더불어 호기심이 없었더라면 좋았겠다는 말은, 호기심 때문에 죽어본 고양이가 할 수 있는 말이다. 영어 속담에 "Curiosity can kill a cat."이라는 것이 있다. 호기심은 고양이도 죽일 수 있다는 뜻이다. "알면 다쳐."라는 관용구처럼 무언가를 지나치게 알려고 하다가는 다칠 수도 있다는 의미로 쓰인다. 나 역시 천성적으로 호기심이 많고 호기심 때문에 죽어본 적 있는 고양이라서 이 말에 어떤 의미가 담겨 있는지 잘 알 것 같다. 다만 그때로 돌아간다고 해도 나는 또 호기심을 주체 못하고 같은 선택을 할 것 같다는 생각에 씁쓸할 뿐이다.

한편 평생 지니지 못할 것 중 하나로 파커가 'enough champagne'을 넣는 바람에, 이 구절은 술에 대한 멋진 인용구로 회자된다. 이 말은 샴페인은 아무리 마셔도 충분치 않다는 속뜻을 품고 있기 때문이다.

tory'라고 한다. 상점 물품 목록의 수량과 종류는 늘 기록하고 있어야 알 수 있으므로, keep inventory란 표현 자체가 '재고를 확인하다, 추적하다'라는 뜻이 되는 것이다.

마지막 행에 "a sock in the eye"에서 'sock'은 한 대 때린다는 뜻이다. 도로시 파커가 살면서 끝까지 지니고 있을 세 가지에 희망, 웃음 그리고 삶에 한 대 얻어맞기를 넣었으니, 희망을 품고 웃으며 삶의 길을 쫄래쫄래 걸어가다 삶의 막다른 길에서 불시에 한 대씩 얻어맞을 일이 생긴다는 뜻으로 읽어봄 직하다.

참, 도로시 파커는 자신의 묘비명에 "Excuse my dust."라는 말을 남겼다. 화장된 재가 묻힌 묘에 '내 재를 양해하세요.'라는 말을 남긴 시인이다. 살아생전 독설과 위트로 한 시대를 휩쓸던 여성의 퇴장 방법으로 참 잘 어울린다는 생각이 든다. 자신의 재고를 알뜰히 조사한 그녀의 삶은 그렇다고 치고, 우리도 살아있는 동안 한 번은 우리 삶의 재고를 조사해 볼 필요가 있지 싶다.

Four be the things I'd been better without:
네 가지가 있으니 없었더라면 더 좋았을 것들

이 구문은 가정법 과거완료(had been)라서 '과거에 없었더라면 좋았을 텐데'의 의미다.

그 집은 울타리가 없는 게 더 좋았을 텐데.
The house had been better without its fences.

그 파티는 그 밴드가 없는 게 더 좋았을 텐데.
The party had been better without the band.

그 책은 편집자의 서문이 없는 게 더 좋았을 텐데.
The book had been better without the editor's foreword.

Laughter and hope and a sock in the eye.
웃음, 희망 그리고 그러다 삶에 한 대씩 얻어맞기.

a sock in the eye라는 표현은 "give someone a box in the ear"와 비슷하다. 여기서 box는 '상자'가 아니라 복싱boxing의 box다. 동사 box는 '주먹으로 때리다'란 뜻이고 명사 box는 '주먹으로 때리기'라고 한다. 누군가의 귀에 box를 준다는 말은, 한국말로 치면 소위 "귓방망이를 때리다" 정도가 되겠다. 그래서 a sock in the eye도 사실 '눈탱이를 얻어맞다'라고 하면 느낌이 확 산다. 주의할 점은 신체 명사 귀ear와 눈eye앞에 정관사 the를 쓴다는 점이다. 또한 귀도 두 개, 눈도 두 개지만 주로 단수형을 쓴다는 점 역시 주의해야 한다.

눈에 한 대 맞기, 귀에 한 방 맞기, 무엇이든 삶이 당신에게 던져주는 것을 받으라.
Take it whatever life throws at you, whether. it is a sock in the eye or a box in the ear.

Day 27

사람은 숲에 거하는 존재가 아니다

딜런 토마스

Dylan Thomas, 1914-1953

영국 웨일즈 출신 시인으로 20세기 웨일즈에서 가장 위대한 시인으로 꼽힌다. 그는 기자로 잠시 일하다가 시를 쓰며 전업 작가가 되었고 방송에서도 활약했다. 동시대 다른 시인들의 사회참여적인 시나 지적인 시와는 달리, 서정적인 낭만시를 주로 썼다. 영국과 미국에서 인기를 얻었지만 과음으로 미국 북 투어 중에 사망했다. 그의 시, 〈순순히 저 깊은 밤을 받아들이지 마시오(Do Not Go Gentle into That Good Night)〉는 영화 〈인터스텔라(Interstellar)〉에 인용되었다.

Being But Men

- Dylan Thomas

Being but men, we walked into the trees
Afraid, letting our syllables be soft
For fear of waking the rooks,
For fear of coming
Noiselessly into a world of wings and cries.

If we were children we might climb,
Catch the rooks sleeping, and break no twig,
And, after the soft ascent,
Thrust out our heads above the branches
To wonder at the unfailing stars.

Out of confusion, as the way is,
And the wonder, that man knows,
Out of the chaos would come bliss.

That, then, is loveliness, we said,
Children in wonder watching the stars,

walk into 걷다가 ~에 부딪히다 | syllable 음절 | rook 떼까마귀 | twig 잔가지
ascent 상승 | thrust out 내밀다 | chaos 혼돈 | bliss 더 없는 행복 | end 목적

Is the aim and the end.

Being but men, we walked into the trees.

end에는 끝이라는 뜻만 있는 게 아니다. '목적'이라는 뜻도 있다. 이는 시간 순으로 보자면, 달성하고자 하는 '목적'이 여정의 마지막, 그 끝에서 비로소 이루어지기 때문에 그렇다. 이 시에서 aim은 단기적인 목표, end는 끝에 가서 도달하게 되는 목적이라는 뜻으로 쓰였다.

그저 인간인지라

– 딜런 토마스

그저 인간인지라 우리는 걷다가 나무에 부딪혀
두려워서, 외마디 소리를 나직하게 지르지
까마귀를 깨울까 무서워서,
날개 소리와 울음소리의 세계에
소리 없이 빠져들까 무서워서

어린이라면 나무에 올라가
잠자는 까마귀를 잡을지도 모르지
그러면서도 잔가지 하나 분지르지 않을지도
그리고 날쌔게 나무에 오른 후
가지 틈으로 고개를 내밀어
한결같은 별들을 보며 갸웃거릴지도

원래 그렇듯이, 혼란에서 벗어나,
그 경이에서 벗어나, 사람은 그걸 알지
그 혼돈에서부터 환희가 온다는 걸

그러고 나면 그게 사랑스러움이라고 우리는 말했지
아이가 경이에 젖어 별들을 바라보는 것,
그것이 목표이고 목적이라고

그저 인간일 뿐이라 우리는 걷다가 나무에 부딪혀.

나무에 부딪히지 않을 순 없다

숲은 어둡다. 인간의 눈은 어둠 속을 깊이 들여다 볼 수 없다. 그래서 나무에 부딪힐 수밖에 없다. 살아간다는 것은 숲길을 걷는 여정이다. 그 여정에서 우리가 무엇과 마주하게 될지는 알 수 없다. 그저 인간인지라, 우리는 그렇게 걷다가 나무에 부딪힌다. 그 어쩔 수 없는 상황에도 불구하고 우리가 부딪힌 나무에 있던 까마귀 떼는 까악 울부짖고, 아우성치며 날아오른다. 까마귀의 혼란한 날갯짓에 우리는 공포를 느낀다. 통제할 수 없는 이성과 불합리가 소용돌이를 치며 사방을 소음과 어둠으로 감싼다.

세계대전을 겪으며 인간이 얼마나 불합리한 존재인지를 목도한 사람들은 인간의 본성에 대한 두려움을 가졌다. 평방미터당 전사자 수가 가장 많았다는 제1차 세계대전 이후, 전쟁으로 인해 갈기갈기 찢긴 영혼들의 울부짖는 소리는 인간의 역사 최초로 글로 새겨져, 줄줄이 출간되었다. 제1차 세계대전이 끝나고 나서야 인간은 전쟁의 실상이 무엇인지, 사람이 사람을 얼마나 많이 죽일 수 있는지 처절하게 깨달았다. 그때 제어되지 않은 인간의 본성이 어떤 재앙이 초래하는지 목격한 이들은 엄청난 공포에 휩싸였다. 그리고 문학은 이런 영혼들을 위해 쓰였다.

딜런 토마스는 "우리는 인간일 뿐이라."고 말한다. 나무에 부딪히는 것도 인간인지라 어쩔 수 없고, 그러므로 거대한 까마귀 떼로 하늘을 요란하게 덮는 것도 별 도리가 없는 부분이라 말한다. 하지만 딜런 토마스는 체념하지 않는다. 눈을 가리고 그것을 용인하지도 않는다. 인간 안에도 나무를 기어올라 혼돈 밖으로 고개를 내밀고, 별을 우러러보는 심성이 있다고 말한다. 우리는 자주 길을 잃을지도 모른다. 그래서 또 다시 실수하고 어둠으로 세상을 덮을지도 모른다. 그러나 늘 기억하고 있으면 된다. 우리 안에 어둠을 헤치고 나무를 오르고 저 멀리 별을 보며 경이에 젖는, 아이 같은 본성 또한 함께 한다는 것을. 혼돈을 느끼면 경이 또한 느낄 수 있다는 것을. 공포를 맛보는 그 심장으로 지고의 행복 또한 맛볼 수 있다는 것을.

인간은 숲을 거쳐가는 여정을 걸을 뿐, 숲에 거하는 존재가 아니다. 우리는 감각적인 쾌락만 느끼는 게 아니라 추상적인 행복도 추구한다. 동물과 달리 인간은 고개를 들어 하늘을 보고 감탄할 수 있는 눈을 가졌다. 인간의 사랑스러움은 나무에 절대 부딪히지 않으려는 모습이 아니라, 나무에 부딪혀 혼돈에 휩싸이더라도 가려진 하늘에서 별이 빛나고 있음을 아는 것에 있다.

시와 같이 인간의 이야기는 부딪힘에서 끝나지 않는다. 시는 써지고, 우리는 시를 읽을 것이며, 시는 우리들 마음에 새겨질 것이다. 하늘에 별이 있다고 말하는 시를 만나면 우리는 하늘의 별을 우러러볼 것이다. 별들은 변함없다unfailing. 끄덕하지 않는다. 변치 않는다. 한결같이 빛난다.

Being but men, we walked into the trees.
그저 인간인지라 우리는 걷다가 나무에 부딪혀

여기서 쓰인 전치사 into는 '충돌'의 의미가 있다. walk into something은 something 안으로 걸어 들어간다는 뜻이 아니다. 물론 데이비드 카퍼필드와 같은 마술사들은 문자 그대로literally 벽 속으로 걸어 들어가는 마술을 펼쳐 보이기도 했다. 그러나 일반인의 세계에서 into는 충돌하다라는 뜻이다.

생각에 너무 깊이 잠겨서 그는 걷다가 나무에 부딪혔다.
Deeply lost in his thought, he walked into a tree.

그 마술사는 문자 그대로 벽 속으로 걸어 들어갔다.
The magician literally walked into the wall.

Thrust out our heads above the branches
To wonder at the unfailing stars.
가지 틈으로 고개를 내밀어
한결같은 별들을 보며 갸웃거릴지도.

wonder는 '경이롭다, 갸웃거리다, 궁금해하다'라는 뜻이다. wonder at이 되면 at 다음에 그렇게(wonder) 만든 대상이 나온다.

그날 밤 우리는 사막에서 잤다. 나는 수많은 별에 경탄하지 않을 수 없었다.
We slept in the desert that night. I wondered at the countless stars in the sky.

그녀는 그 우연의 일치에 갸웃거렸다.
She wondered at the coincidence.

wonder at ~에 경이로워 하다, 의아해 하다

Day 28

가면은 눈빛을 감추지 못한다

폴 로렌스 던바

Paul Laurence Dunbar, 1872-1906

미국의 시인이자 소설가, 희곡작가다. 노예의 아들로 오하이오주 데이톤에서 태어났다. 열여섯 살에 데이톤 신문에 첫 시를 실었으며, 많은 시를 일명 '흑인들의 언어'로 썼다. 국제적인 명성을 얻은 최초의 아프리카계 미국인이기도 하다. 이후 뉴욕 브로드웨이 뮤지컬의 작사도 했으나 33세의 나이에 결핵으로 사망했다.

We Wear the Mask - *Paul Laurence Dunbar*

We wear the mask that grins and lies,
It hides our cheeks and shades our eyes,—
This debt we pay to human guile;
With torn and bleeding hearts we smile,
And mouth with myriad subtleties.

Why should the world be over-wise,
In counting all our tears and sighs?
Nay, let them only see us, while
        We wear the mask.

We smile, but, O great Christ, our cries
To thee from tortured souls arise.
We sing, but oh the clay is vile
Beneath our feet, and long the mile;
But let the world dream otherwise,
        We wear the mask!

grin (소리 없이) 웃다 | guile 속임수 | myriad 무수히 많음 | subtlety 미묘함
nay 아니다(no) | tortured 극심한 고통에 시달리는 | clay 찰흙
vile 극도로 불쾌한, 비도덕적인

우리는 가면을 씁니다

— 폴 로렌스 던바

우리는 미소를 지으며 거짓을 말하는 가면을 씁니다
가면은 뺨을 숨기고 눈에 그늘을 드리우지요
이것은 우리가 인간의 속임수에 지불하는 부채입니다
찢어져 피 흘리는 심장을 품고 우리는 미소 짓고,
무수히 많은 미묘한 말들을 합니다

왜 세상은 우리의 눈물과 한숨을 세는 데에
지나치게 현명해야 할까요?
아니, 세상이 우리를 보게 하세요
　　　　우리가 가면을 쓰고 있는 동안에만

우리는 미소 지어요. 그러나, 위대한 예수여, 당신께
올리는 우리의 외침은 고통에 몸부림치는 영혼에서 올라옵니다
우리는 노래하지만, 이 진흙은 우리 발밑에서
불쾌하게 들러붙고 가야 할 길은 멉니다
그러나, 세상은 그렇지 않은 꿈을 꾸게 두어요
　　　　그러라고 우리는 가면을 쓰니까요!

한국어로는 소품(item)에 따라 동사가 달라지지만, 영어는 꽤나 많은 것들을 wear(입다)로 대체할 수 있다. 가면도 wear, 가발도, 틀니도, 향수도, 메이크업도 다 wear라고 한다. 모자도, 안경도, 신발도, 양말도, 벨트도, 장신구도 wear라고 말한다.

가면Mask 아닌 가면Persona

조커가 아니고서야 현실에서 마스크를 쓰는 이들은 거의 없다. 축제에 참석할 때에나 우리는 가면을 쓴다. 그러나 우리가 현실에서도 자주 쓰는 다른 가면이 있으니 바로 페르소나다. '페르소나persona'라는 말은 그리스 시대 연극배우들이 쓰던 가면을 칭하는 것이었다. 마이크가 없던 시절에 가면은 소리를 반사시켜 더 크게 울려 퍼지게 해주고, 멀리 떨어진 관중석에서 배역의 얼굴을 구분하도록 돕는 역할도 했다. 이러한 확성기 역할 때문에 라틴어 페르소나라는 말 자체가 '울려 퍼지다'를 뜻하는 동사 personāreper+sonāre에서 유래되었다. 그래서 시적 자아를 가리키는 페르소나 혹은 작품의 배역을 구현하는 가면 인격들은 '울려 퍼지는' 힘을 가지고 있다. 소리뿐만 아니라 영향력도 퍼져 나가기 때문이다. 결국 가면은 영향력을 퍼뜨리기 위해 사용된다고 볼 수 있다.

그러나 영향력을 퍼뜨리기 위해 쓰는 가면은 대가를 요한다. 가면은 울려 퍼지게 하는 동시에 차단하기 때문이다. 내보여지는 것이 있으면 숨겨져 갇히는 것도 있다. 강해 보이려는 자가 자신의 약함을 숨기는 것처럼 강한 가면이 숨기고 있는 것 역시 결국 약함이다.

때로 우리는 똑같은 가면을 쓰도록 강요받는다. 웃는 얼굴만 하고, 친절하고, 부드럽고, 순종적이고, 얌전한 얼굴만 내보이게 된다면 어쩌면 그것은 누군가에게 강요받은 가면일지도 모른다. 이럴 경우에는 천진한 웃음을 밖으로 내보인다고 하더라도 심장에서는 다른 피가 흐르고 있을 수 있다. 하지만 드러내놓고 하지 못하는 말은 외려 훨씬 더 복잡 미묘한 뉘앙스를 가지게 된다.

이 시는 세상을 향해 우리가 숨긴 눈물과 한숨을 보기 위해 지나치게 현명해지는 대신 그냥 가면만 보아달라고 말한다. "우리는 노래하지만, 이 진흙은 우리 발밑에서 불쾌하게 들러붙고 가야할 길은 멀어요."라는 마지막 구절을 보라. 우리가 느끼는 모든 한숨과 눈물, 고통이 가면 밖으로 드러나면, 세상을 사는 일 자체가 더욱 버거워질 것임을 암시한다. 어디 그뿐일까. 웃음의 가면을 매일같이 쓰다보면 내 피부에 들러붙어 결국 웃음 가면이 속살이 되는 경우도 있기 때문이다. 삶이 아무리 괴로울지라도 즐거움을 찾으며 즐거운 척하다가 정말로 즐거워지는 때도 있기 마련이다.

가면을 쓰고 살아가는 것이 괴로울 수 있다. 그러나 가면이 아니고서는 우리 자신을 오롯이 표현하기 힘든 세상이다. 언어라는 가면이 불완전하기 때문이고, 사회 관습과 가치가 정해져 있기 때문이다. 다만, 우리가 서로를 볼 때, 보이는 모습 이면에 다른 것을 헤아리려는 마음을 가질 수 있으면 좋겠다. 가면을 써도 가려지지 않는 눈을 바라보는 것이다. 표정과 달리 형형한 눈빛. 그렇게 눈빛을 교환하고 읽을 수 있기에 우리는 가면을 쓰고도 사랑하고 살아가는 것이 아닐까 싶다.

This debt we pay to human guile;
이것은 우리가 인간의 속임수에 지불하는 부채입니다

pay A for B 구문에서는 A에 지불하는 돈의 액수, B에 구매하는 물건을 쓴다. 그러나 지불하는 돈의 종류가 나오는 경우에는 그냥 pay something의 형태로 쓴다. pay debts(부채를 지불하다), pay bills(공과금을 내다), pay tuitions(수업료를 내다), pay tax(세금을 내다), pay fine(벌금을 내다)와 같다.

그녀는 5년 전 직업을 잃고 월세를 낼 수가 없었다.
She lost jobs 5 years ago and couldn't afford to pay rent.

정부가 국민을 위해 일하지 않는데 왜 우리가 세금을 내야 하는가?
Why should we pay tax when the government is not working for the people?

pay something ~을 대가로 지불하다

We wear the mask that grins and lies.
우리는 미소를 지으며 거짓을 말하는 가면을 씁니다.

wear a smile도 가능한 표현이다. 시적인 표현으로 주로 쓰이지만, smile조차도 영어에선 입을(wear) 수 있다.

그 여자는 짙은 화장을 하고 있다.
She is wearing heavy makeup.

우리 할아버지는 틀니를 하신다. 가끔 할아버지는 틀니 끼우는 걸 잊어버리신다.
My grandpa wears dentures. He sometimes forgets to put them on.

무언가가 그녀의 발목에서 반짝거렸다. 그녀는 발찌를 하고 있었다.
Something glittered around her ankle. She was wearing an anklet.

Day 29

자유와 추락의 관계

마야 앤젤루

Maya Angelou, 1928-2014

미국의 시인이자 전기작가, 인권 운동가로서 《나는 새장에 갇힌 새들이 왜 우는지를 안다》라는 자서전으로 명성을 얻었다. 총 일곱 권의 자서전과 세 권의 수필집, 다수의 시집을 출간했다. 50개 이상의 명예 학위를 받고 자서전과 같은 제목의 시를 쓰기도 했다. 흑인 해방운동을 이끈 마틴 루터 킹(Martin Luther King, Jr.)의 대의에 동의해 함께 인권운동을 했다. 로버트 프로스트에 이어서 1993년 빌 클린턴 대통령 취임식에서 시를 낭송했다. 그녀의 글들은 인종 문제, 정체성 문제 및 가족과 여행을 주제로 삼는다.

I Know Why the Caged Bird Sings

- Maya Angelou

A free bird leaps on the back
Of the wind and floats downstream
Till the current ends and dips his wing
In the orange suns rays
And dares to claim the sky.

But a BIRD that stalks down his narrow cage
Can seldom see through his bars of rage
His wings are clipped and his feet are tied
So he opens his throat to sing.

The caged bird sings with a fearful trill
Of things unknown but longed for still
And his tune is heard on the distant hill for
The caged bird sings of freedom.

The free bird thinks of another breeze
And the trade winds soft through

float (물에) 뜨다, 부유하다 | downstream 하류로 | current 기류, 조류 | dip 담그다
claim 소유권을 주장하다 | stalk 으스대며 걷다, 활보하다 | clipped 잘린, 깎인
trill 떨리는 소리 | long for 동경하다 | the trade winds 무역풍

The sighing trees
And the fat worms waiting on a dawn-bright
Lawn and he names the sky his own.

But a caged BIRD stands on the grave of dreams
His shadow shouts on a nightmare scream
His wings are clipped and his feet are tied
So he opens his throat to sing.

The caged bird sings with
A fearful trill of things unknown
But longed for still and his
Tune is heard on the distant hill
For the caged bird sings of freedom.

새장에 갇힌 새가 왜 노래하는지
나는 아네

— 마야 앤젤루

자유로운 새는 바람의 등에 뛰어올라
하강기류를 타고 기류가 끝날 때까지 날아
날개를 오렌지색 태양 광선에 담그고는
감히 하늘이 자기 것이라 우기네

그러나 좁은 우리 속에서 서성이는 새는
분노의 창살 너머를 볼 수가 없다네.
날개는 잘렸고 발은 묶여 있거든
그래서 새는 목청을 열어 노래해

갇힌 새는 알지 못하지만 여전히 동경하는 것들에 대해
두려워하며 떨면서 노래해
이 곡조는 멀리 떨어진 언덕에서도 들려
갇힌 새는 자유에 대해 노래하니까

자유로운 새는 또 다른 미풍을 생각해
한숨짓는 나무들을 스쳐가는 부드러운 무역풍과

claim에는 '주장하다', '요구하다'라는 뜻이 있는데 특히 소유권을 주장하다. 즉, '자기 것이라고 주장하다'라는 의미가 있다. 공항에서 짐 찾는 곳을 Baggage Claim이라고 하는 것도 짐이 나오는 곳에서 '이건 내 짐!'하고 자기 가방

새벽녘 잔디에서 기다리는 통통한 벌레를 생각하지
그리고 하늘을 자기 것이라 이름 붙여

하지만 새장에 갇힌 새는 꿈들의 무덤에 서 있어
악몽을 꾸며 지르는 비명 위에서 새의 그림자가 소리치지
날개는 잘렸고 발은 묶여 있거든
그래서 새는 목청을 열어 노래해

갇힌 새는 알지 못하지만 여전히 동경하는 것들에 대해
두려워하며 떨면서 노래해
이 곡조는 멀리 떨어진 언덕에서도 들려
갇힌 새는 자유에 대해 노래하니까

을 찾아가기 때문이다. 유실물 센터(Lost & Found)에서 '모월 모일 몇 시까지 아무도 이 물건들을 찾아가지 않으면…'이라고 할 때에도 "if anyone claims these items…"라고 한다.

갇힌 자의 시야는 제한된다

이 시에서 가장 가슴 저린 구절은 우리cage에 갇힌 새는 '분노의 창살' 너머를 볼 수 없다는 부분이다. 자유로운 새와 갇힌 새는 시야가 다를 수밖에 없다. 자유로운 새는 넓은 세상을 보다 못해 하늘까지 자기 것이라 우기는 반면, 갇힌 새는 자신을 가둔 창살을 노려보며 모든 세상을 창살 무늬가 찍힌 상태로 본다. 그 이상을 보지 못한다. 하늘이 있는 줄 알아야 내 것이라고 소리라도 내볼 텐데, 하늘을 제대로 보지도 못하는 갇힌 새는 그렇게 목청을 열어 노래만 한다.

결핍으로 제한되어 그 결핍에 갇힌 이들을 보라. 가난해서 한 맺힌 자들은 세상에서 물질이 가장 중요한 것이라 생각하게 된다. 그렇게 부유한 자들을 향해 불공평하다고 비난하고, 물질만을 좇다가 물질 속으로 빠져버린 사람이 된다. 내가 본 그들은 많이 가지고도 더 많이 가진 자들을 시기하고, 자신은 여전히 결핍에 갇혀 있다고 생각해 자신보다 못 가진 이들을 안중에 두지 않는 모습이었다. 우리 사회에는 이와 같은 이들이 꽤나 많다. 이것이 시에서 말하는 결핍에 갇혀 창살 너머를 보지 못하는 모습이고, 새장 밖으로 나와서도 날지 못하고 좁은 땅을 서성이기만 하는 모습이다. 우리는 언제쯤

이면 '한때 갇혔던' 혹은 '결핍이 있었던'이라는 과거 시제를 마음껏 활용하며 결핍을 추억하고 결핍에서 자유로워질 것인가.

망치를 든 자의 눈에는 세상 모든 것이 못으로 보인다고 했다. 무기가 될 수 있는 것을 손에 쥐게 될 때는 그래서 더욱 주의해야 한다. 사람들은 보통 자신의 상처 혹은 결핍에서 무기를 키운다. 그렇게 무기가 된 자신의 결핍을 휘두르며 살다 보면 평생 못질만 하게 될 수도 있다는 두려움을 가질 필요가 있다. 거칠게 튀어나와 자신을 찌르던 못뿐만이 아니라, 세상 모든 것에 다 '못이다!'라고 손가락질하며 달려들 수도 있다는 가능성을 두려워해야 한다. 이것이 바로 분노의 창살 너머를 보지 못하는 삶이기 때문이다.

사람은 꿈과 이상의 가능성에 열린 만큼 그 정반대의 가능성에도 늘 열려 있어야 한다. 부러진 날개를 치유하는 시간을 지나 날게 되었다 한들, 날아오른 만큼 추락할 수도 있다는 사실을 깨달아야하는 것과 같은 이치이다. 자유에는 그만한 대가가 따르기 마련이니까. 추락의 위험을 늘 감수해야 하니까.

우리가 타인을 비난할 때, 멈칫해야 하는 이유도 동일하다. 그 순간 나의 결핍을 전복시켜 타인에게 투사하고 있는 것은 아닌지 스스로에게 되물어야 한다. 자신의 결핍으로 세상을 보는 자는 자신에게 없는 것을 가진 자의 복됨만을 비난하기 때문이다. 시기, 질투, 비난, 힐난만큼 그 사람을 잘 보여주는 것도 없다. 타인을 욕되게 할 때 내 모습이 여실히 드러난다는 것은 무서운 일이다.

자유를 꿈꾸는가. 그렇다면 자유를 위한 대가 역시 치를 수 있는가. 두려움을 극복하고 설사 추락할지라도 날아오를 수 있는가.

But a BIRD that stalks down his narrow cage
Can seldom see through his bars of rage
그러나 좁은 우리 속에서 서성이는 새는
분노의 창살 너머를 볼 수가 없다네.

see through는 막고 있는 것을 통과해서 본다라는 뜻이라서 '꿰뚫어 본다'는 의미로 쓰인다. 본문에서는 창살이 숭숭 나있기 때문에 꿰뚫어 보는 것은 아니고, 창살을 지나 그 너머를 본다는 의미로 해석했다.

그는 이제 사기꾼을 꿰뚫어 볼 수 있다.
He is now able to see through con men.

그녀는 너의 겉모습을 꿰뚫어 볼 것이다.
She will see through your façade.

see through ~를 꿰뚫어 보다, ~ 너머를 보다 | con man 사기꾼

And the fat worms waiting on a dawn-bright
Lawn and he names the sky his own.
새벽녘 잔디에서 기다리는 통통한 벌레를 생각하지
그리고 하늘을 자기 것이라 이름 붙여

name은 '이름 짓다'라는 뜻이다. name A after B라고 하면 'B의 이름을 따서 A의 이름을 짓다'라는 의미가 된다. '이름을 대다'라는 뜻도 있어서, "Name all the American states"라고 하면 미국 모든 주의 이름을 댄다는 뜻이 된다. '분명히 밝히다'라는 뜻도 있어서, 'Name your price.'라고 하면 '당신이 (원하는) 가격을 대봐'라는 의미가 된다.

그들은 그 달의 바다를 고요의 바다라 이름 지었다.
They named the sea on the Moon the Sea of Tranquility.

tranquilty 평온, 고요

Day 30

사랑이라는 축복

앤 마이클스

Anne Michaels, 1958-

캐나다의 시인이자 소설가다. 그녀의 작품들은 45개 이상의 국가에서 번역되었으며, 영국의 〈가디언〉이 주는 문학상을 포함하여 다수의 해외 문학상을 수상했다. 토론토대학을 졸업한 후, 현재 동 대학 영문과에 교수로 재직 중이다. 토론토의 계관시인이기도 하다. 소설 《덧없는 조각들(Fugitive Pieces)》로 12개의 상을 수상했다.

may love seize you

- Ann Michaels

may the mountain pass always be open
may you continue to carry cases of champagne
in the night streets
may you always know the company of animals,
and sing to the cows and the crows
may you always read in bed with the ones you
love most
may the flash of lightning illuminate a wild joy
in your face even in the shipwreck
may you elude the hook of despair like a fish
free in a stream
may nakedness be your best disguise
may the family of friends continue to save each
other in the avalanche and in drought
may you always know ferocity, generosity
may you continue to shout defiance
may you stay awake until the beginning of the
story

seize 사로잡다 | flash 번쩍임 | illuminate 비추다, 환하게 빛나게 만들다
shipwreck 난파 | elude 피하다, 빠져나가다 | avalanche 산사태 | drought 가뭄, 기근
ferocity 흉포함 | defiance 반항, 저항

may you continue never to waste a moment, or
  a breath
may time never have its way with you
may first light bring an answer
may love seize you

company는 '회사'라는 뜻이 아니라 '동행', '함께 있음'이라는 뜻이다. "I've enjoyed your company."라고 하면 "당신과 함께 있는 것이 즐거웠어요."라는 의미다.

사랑이 그대를 사로잡기를 — 앤 마이클스

산을 넘을지라도 그대 앞에서 길이 늘 열리기를.
샴페인 케이스를 들고
밤거리를 걷는 일들이 계속되기를.
동물들과 늘 더불어 살고 소들과 까마귀들에게 노래해주시기를.
가장 사랑하는 이들과 잠자리에 누워 늘 책을 읽으시기를.
난파할 때조차, 일순 번쩍이는 번개가
그대 얼굴에 번뜩이는 기쁨의 빛을 드리우기를.
강물 속을 자유로이 헤엄치는 물고기처럼
절망의 낚시 갈고리를 피하시기를.
발가벗음이 그대 최상의 가식이 되기를.
산사태를 당하든 가뭄을 겪든 가족 같은 친구들이
서로를 계속 구하기를.
그대가 맹렬함과 관대함을 늘 아시기를.
그대는 계속해서 저항을 외치시기를.
그 이야기가 시작될 때 말똥말똥 깨어 계시기를.
한 순간도 한 호흡도 결코 낭비하지 마시기를.

시간의 흔적이 결코 그대에게 새겨지지 않기를.

첫 동이 틀 때에는 문제에 대한 답을 찾으시기를.

그리고 사랑이 그대를 사로잡기를,

기원합니다.

축복이라는 마지막 마법

seize는 '꽉 움켜쥐다' 혹은 '무언가를 장악하다, 체포하다', '감정 등이 엄습하다'의 뜻으로 쓰인다. 사람을 "seize 한다"고 할 때는 어떤 감정이 온전히 그 사람을 붙든다는 의미로 보면 된다. 나는 종종 보이지 않는 커다란 손이 한 사람을 점점 꽉 움켜쥐는 이미지를 떠올려 본다.

시에서는 사랑이 그대를 'seize' 하길 바란다고 말한다. 사랑이 그대를 쥐기를. 사랑이 그렇게 그대를 쥐락펴락하기를. 그런 소망을 품고, 축복하고 있다. May로 시작하는 기원문에 사랑love 대신 다른 것을 넣어보면 축복의 의미가 더 절절하게 다가올 것이다. 냉소가 그대를 사로잡지 않기를, 불신이 그대를 사로잡지 않기를, 불안이 그대를 사로잡지 않기를, 공포가 그대를 사로잡지 않기를, 광신이 그대를 사로잡지 않기를….

그러나 나는, 이 모든 부정적인 단어들을 버린 뒤 다시 그 자리에 사랑을 넣어본다. 사랑이 그대를 사로잡기를, 부드럽게 그 커다란 손 안에 그대의 모든 아픔과 고통과 가시들을 녹이기를, 그대 속의 슬픔이 다 흘러나와 기쁨으로 변하기를, 그대 안의 모든 걱정과 근심이 좁쌀처럼 돋았다가도 맑게 사라지기를 빌어본다.

그러므로 시는 사랑에 온전히 붙잡힌 사람의 삶을 나열한다. "산을 넘을지라도 그대 앞에서 길이 늘 열리기를"이라는 구절은 그대가 막다른 길에 한 번도 다다르지 않길 바라는 것이 아니다. 막다른 길 앞에 서서 '괜찮아, 돌아나가서 다른 길을 찾으면 되지.'라고 중얼거리며 새 길을 열어나가길 바라는 것이다. 발길이 머무는 곳마다 삶의 길을 여는 태도를 기원하는 것이다. 마치 어린 아이에게 세상을 바꾸기는 불가능하며, 바꿀 수 있는 건 세상을 대하는 너의 태도뿐이라고 말해주고, 그리하여 아이의 발이 미치는 곳마다 그렇게 길이 열리기를 소망하는 마음과 같다.

작은 일을 축하하기 위해 누군가와 샴페인을 마시고, 사랑하는 이와 잠자리에서 소리 내어 혹은 조용히 책을 읽을 수 있고, 동물과 눈을 맞추고 쓰다듬어 말로 할 수 없는 '마음'을 나누고 노래할 줄 아는 삶은 그야말로 풍성한 삶이다. 사랑이 삶을 풍성하게 할 수 있다면 아마 이런 모습일 것이다. 그래서 나는 온갖 소망을 사랑의 이름으로 빌어본다. 사랑으로 '난파당하는' 고난 속에서도 무언가를 배우고, 깨달음의 얼굴이 기쁨으로 빛날 수 있기를, 사랑으로 절망에 낚여 수렁으로 끌려 들어가지 않기를, 사랑으로 누군가가 건넨 도움의 손길을 경험하고 또 늘 도움의 손을 내밀 수 있기를, 사랑으로 강렬하고 관대하고 젊게 살며 호기심을 가지고 눈빛이 형형하기를.

사랑의 축복은 사랑하는 사람들을 미래의 어느 시점으로 떠밀어 보내는 태도와 상통한다. 발화자가 함께할 수 없는 곳에서도 사랑하는 이의 명운을 비는 행위이기 때문이다. 셰익스피어의 마지막 희곡 〈템페스트The Tempest〉에서 마법사 프로스페로는 사랑하는 딸 미란다를 세상 밖으로 내보내면서 자신의 마법 지팡이를 꺾어버린다. 마법사 프로스페로에게 이제 더는 펜을 들지 않을 셰익스피어의 모습이 겹친다. 그들은 작품을 혹은 사람을 자신의 마법이 통하지 않는 세상으로 내보내는, 사랑의 축복을 내린다. 사랑은 지팡이가 부릴 수 없는 마법이라, 이 마법의 힘은 축복받은 사람 스스로가 찾아야 한다. 그렇기에 나 역시 책의 마지막 시를 축복으로 택했다. 사랑의 축복으로 이 책을 보낸다. 부디 이 시를 읽은 이들이 스스로 사랑의 마법을 찾기를 바라며.

영시로 배우는 영어

may love seize you
사랑이 그대를 사로잡기를

May 다음에 주어+원형 동사를 써서, "주어가 (동사)하시기를!"이라는 기원문을 쓰면 된다. 현대 영어에서 구어체로는 잘 쓰지 않는다.

네 영혼이 잘됨 같이 네가 범사에 잘되고 강건하기를 내가 간구하노라. (《요한3서》 1장 2절)
May you prosper and be in good health even as your soul prosper.

당신의 꿈이 이루어지기를.
May your dreams come true.

그의 영혼이 모크샤를 얻으시기를.
May his soul attain moksha.(힌두교에서 죽은 이를 추모할 때 쓰는 말 Aatma Ko Sadgati Prapt Ho의 번역문이다.)

may 주어 + 동사 ~하시기를 | prosper 번영하다 | moksha 해탈, 열반

참고문헌

Adrienne Rich, "From a Survivor", 《Diving Into the Wreck: Poems 1971-1972》(W. W North&Company, 2013), p.50.

Alice Walker, "Desire", 《The World Will Follow Joy: Turning Madness into Flowers》(The New Press, 2014), p.78.

Allen Ginsberg, "Song", 《Howl and Other Poems(City Lights Pocket Poets, No. 4)》(City Lights Publishers, 1959).

Ann Michaels, "may love seize you", 《All We Saw》(Penguin Books, 2017).

Anne Sexton, "Cinderella", 《Transformations》(Mariner Books, 2001), p.53.

Amy Lowell, "Petals", 《Works of Amy Lowell》(The Perfect Library, 2013).

Charles Bukowski, "The Bluebird", 《The Last Night of the Earth Poems》(Ecco Press, 2002), p.120.

Dorothy Parker, "Inventory", 《Complete Poems》(Penguin Books, 2010).

Dylan Thomas, "Being But Men", 《The Collected Poems of Dylan Thomas》(Weidenfeld & Nicholson, 2016), p.14.

Edna St. Vincent Millay, "What Lips My Lips Have Kissed, and Where, and Why", 《The Ballad of the Harp-Weaver and Other Poem》(IndoEuropeanPublishing, 2019), p.10.

_____, "I, Being Born a Woman, and Distressed", 《Collected Poems(P.S.)》(HarperCollins Publishers, 2011), p.601.

e.e. cummings, "since feeling is first", 《Selected Poems》(Liveright, 2007), p.99.

Elizabeth Bishop, "One Art", 《Poems》(Farrar, Straus and Giroux, 2011), p.198.

Elizabeth Jennings, "Delay", 《The Collected Poems》(Carcanet Press, 1980), p.9.

Ella Wheeler Wilcox, "Solitude", 《Poems of Passion》(HardPress, 2016).

Emily Dickinson, "THAT I Did Always Love", 《The Complete Poems of Emily Dickinson》(Back Bay Books, 1976).

John Donne, "No Man Is an Island", 《The Best of John Donne》(CreateSpace Independent Publishing Platform, 2012), p.45.

Langston Hughes, "Harlem[2]", 《Selected Poems of Langston Hughes》(Penguin Random House, 1990), p.221.

Linda Pastan, "The Five Stage of Grief", 《PM/AM: New and Selected Poems》(W. W. Norton & Company, 1982), p.81.

Louise Glück, "A Myth of Devotion", 《Poems 1962-2012》(Farrar, Straus and Giroux, 2013), p.540.

Maya Angelou, "I Know Why the Caged Bird Sings", 《The Complete Collected Poems of Maya Angelou》, (Random House, 1994).

Pablo Neruda, "Sonnet XIV Don't Go Far Off", 《100 Love Sonnets: Cien sonetos de amor》(University of Texas Press, 1986).

Paul Laurence Dunbar, "We Wear the Mask", 《The Life And Works Of Paul Laurence Dunbar》(Andesite Press, 2017), p.184.

Robert Forst, "Stopping by Woods on a Snowy Evening", 《The Poetry of Robert Frost: The Collected Poems》(Henry Holt&Company, 2002), p.224.

Sara Teasdale, "Alone", 《The Collected Poems of Sara Teasdale》(CreateSpace Independent Publishing Platform, 2014), p. 129.

____, "Those Who Love", 《Collected Poems of Sara Teasdale》(Macmillan Publishing Company, 1937), p. 173.

Sarojini Naidu, "Life", 《The Golden Threshold》(Public Library UK), p. 17.

Sharon Olds, "The Fear of Oneself", 《The Dead and the Living》(Knopf, 1984), p. 55.

Sylvia Plath, "Mad Girl's Love Song", 〈Mademoiselle〉(1953).

William Blake, "Auguries of Innocence", 《The Pickering Manuscript》(Kessinger Publishing, 2010), p. 15.

내가 사랑한 시옷들

2020년 3월 12일 초판 1쇄

지은이·조이스 박
펴낸이·박영미 | 경영고문·박시형

책임편집·김다인 | 디자인·임동렬
마케팅·양봉호, 양근모, 권금숙, 임지윤, 유미정
경영지원·김현우, 문경국 | 해외기획·우정민, 배혜림 | 디지털콘텐츠·김명래

펴낸곳·포르체 | 출판신고·2006년 9월 25일 제406-2006-000210호
주소·서울시 마포구 월드컵북로 396 누리꿈스퀘어 비즈니스타워 18층
전화·02-6712-9800 | 팩스·02-6712-9810 | 이메일·info@smpk.kr

ISBN 979-11-6534-076-6 (04800)
ISBN 979-11-6534-075-9 (세트)

• 이 책의 국립중앙도서관 출판시도서목록은 서지정보유통지원시스템 홈페이지(http://seoji.nl.go.kr)와 국가자료공동목록시스템(http://www.nl.go.kr/kolisnet)에서 이용하실 수 있습니다.
(CIP제어번호: CIP2020006402)
• 잘못된 책은 구입하신 서점에서 바꿔드립니다. • 책값은 뒤표지에 있습니다.
• 포르체는 (주)쌤앤파커스의 임프린트입니다.